AF187006

**Dieses Buch möchte ich gerne
mehren Personen widmen.**

Meiner Mutter, die mich immer in meinen Hobbys und verrückten Ideen unterstützt hat. Auch wenn sie sich oftmals sicherlich gewünscht hätte, dass ich genauso viel Zeit und Energie für die Schule und das Lernen aufgebracht hätte. Ich danke dir für alles und du wirst immer meine liebe Mama und eine meiner besten Freundinnen sein.

Meine Schwester, die mich ebenfalls stets motiviert hat und sich immer meine verwirrenden Ideen und Geschichten angehört hat. Danke für all die konstruktive Kritik, ohne die ich nie so weit gekommen wäre wie ich es nun bin. Du warst immer mein Vorbild und wirst es immer bleiben. Unvergesslich sind natürlich unsere Moment des Korrekturlesens, in denen wir immer wieder vor Lachtränen nichts mehr sehen und uns vor Lachen fast in die Hosen machen – das würde ich mit niemanden lieber tun!

Mein lieber Vater, der dieses Buch leider nie in seinen Händen halten konnte – gelesen hättest du es sicher sowieso nicht, dafür wären zu wenig Bilder drin gewesen. Aber du wärst stolz auf mich gewesen. Ich werde immer traurig sein, dass du uns so früh verlassen musstest, aber du wirst immer in meinem Herzen weiterleben.

Und all dem Rest meiner Familie und meinen Freunden, egal ob online oder vor Ort. Dafür, dass ihr immer für mich da seid.

Manuela Stuka
'Eternal-shiva'

GÖTTERDÄMMERUNG

- Band 1-
Abenddämmerung

Beginn der Geschichte
2002

*Bibliografische Information der Deutschen
Nationalbibliothek:
Die Deutsche Nationalbibliothek verzeichnet diese
Publikation in der Deutschen Nationalbibliografie;
detaillierte bibliografische Daten sind im Internet
über http://dnb.dnb.de abrufbar.*

*© 2020 **Manuela Stuka / Eternal-shiva***

*Illustrationen: **Manuela Stuka / Eternal-shiva***

*Herstellung und Verlag: BoD – Books on Demand,
Norderstedt
ISBN: 978-3-7519-0064-5*

Inhaltsverzeichnis

Prolog
'Schatten der Vergangenheit'

Es war ein Zeitalter der Dunkelheit. Horden der dunklen Kreaturen hatten die Welt überschattet und raubten ihr jegliches Licht und Hoffnung.
Die Bewohner des Planeten versuchten in ihrer Verzweiflung sich den alptraumhaften Wesen entgegen zu stellen, doch jeder erbitterte Kampf endete in einer vernichtenden Niederlage, ihnen blieb nur der Tod und die Verzweiflung.

Die letzten Überlebenden egal ob Menschen, Halbwesen, Tiere oder gar Bestien –
sie flüchteten sich in die letzten Stätten, welche noch unter ihrer Herrschaft standen.
Orte die sie als sicher ansahen, auch wenn es nur ihr Wunschdenken war.

Sie beteten. Beteten dass jemand sie retten würde. Doch der Geist des Planeten, Gaia, der sie seit jeher beschützt hatte war längst fort.
Er erhörte ihre Gebete schon lange nicht mehr. Man glaubte dass er im Kampf gegen die Dunklen gefallen war, als diese über seinen Planeten hereingebrochen waren wie eine Heuschreckenplage.

Wie Gift breitete sich die Hoffnungslosigkeit in den Herzen der Lebenden aus und

7

zerfraß sie – zurück blieben nur Angst und Tod.
Doch gerade als es schien dass alles Leben kurz vor
der Auslöschung stand geschah es.
Ein letztes Mal beteten diejenigen, die noch
Hoffnung in ihren Herzen trugen.

Dieses Mal wurde ihr verzweifeltes Flehen erhört.

Zwei Götter, wie Schwerter durchschlugen sie die
Dunkelheit und all ihre Kreaturen.
Ein göttliches Zwillingspaar, dass sich gegen die
Dunklen erhob um das verbleibende
Licht dieser Welt zu retten. Es waren Junggötter
der Dämmerung – und mit dem dem Anbruch des
neuen Tages reinigten sie die Welt von allem Übel.

Yugure, die Abenddämmerung.
Langes rotes Haar umspielte wache Augen
in einem sanften Braun, wie das des Fells einer
jungen Ricke.
Makellose Haut, blass wie Elfenbein.
Eine zarte Blume in ihrem Haar verstärkte ihre
Anmut nur noch mehr.
Ihre göttliche Magie lies einen Hagelsturm aus
Kristallen auf ihre Feinde niederregnen.
Yugure, sanft wie eine Blüte, doch ein standhaftes
Herz und ungebrochener Wille.

Yoake, die Morgendämmerung.
Blondes, wildes Haar unter dem entschlossene
grüne Augen hervorblitzten.
Seine gebräunte Gestalt schlug mit seinem

8

riesigen Bihänder kraftvoll Schneisen durch
die Horden der Dunklen frei.
Doch für all jene, die er rettete erstrahlte sein
schönstes und liebevollstes Lächeln.
Gnadenlos gegenüber seinen Feinden doch voller
Liebe für diejenigen die ihm am Herzen lagen.

Als die große Schlange, der letzte der
dunklen Herrscher fiel kamen die göttlichen
Zwillinge nach all den endlos erscheinenden
Kämpfen schließlich zur Ruhe.
Der unzähligen Schlachten müde,
beschlossen sie in dieser Welt zu verweilen.
Von all denen, die diesen zerstörten Planet ihre
Heimat nannten wurden die beiden jeher als ihre
Retter verehrt. Die Angst der Sterblichen,
dass ihre neuen Götter sie nun wieder verlassen
würden wurde nicht wahr.
Die göttlichen Zwillinge fanden Gefallen an der Welt
und gaben all ihre verbleibende Kraft um sie zu alter
Stärke zurück zu führen.
Es schien fast so als hätten die Zwillingsgötter
einen Ort gefunden, der für sie ein neues Zuhause
geworden war.
Es würde Jahrhunderte dauern bis die Narben
der Welt verheilen würden ,
doch so lange die Götter bei ihnen sein würden,
traten die Überlebenden des Dunklen Zeitalters
voller Hoffnung in das zurück eroberte Licht.

- Ende der Überlieferung der 'Götterdämmerung'
Aylon blätterte in den staubigen Schriften und
Büchern wobei ihm erneut ein schwerer Seufzer
entfuhr. Die Dokumente waren alt und staubig, doch
es gab kaum Überlieferungen aus der Schlacht des
Dunklen Zeitalters die den meisten höchstens nur
noch als „Götterdämmerung" bekannt war.
Entweder war die Tinte bereits so verblasst dass sie
kaum noch lesbar war oder die Seiten lösten sich
unter der Berührung seiner schlanken Finger
aufgrund des Alters bereits in feine Krümel auf.
Sichtbar genervt klappte er das zerfallende Buch
schwungvoll zusammen und wirbelte dabei eine
kleine Staubwolke auf.
Hustend versuchte er den Staub fort zu wedeln der
ihn nun in seiner Nase kitzelte. Er schüttelte sich nach
einem einzelnen heftigen Niesen kurz und sein kurzes
schwarz-violettes Haar fiel nun störrisch in sein
Gesicht und raubte ihm die Sicht.

Seine erfolglose Suche nach Hinweisen bereitete ihm
Kopfschmerzen. Ein pulsierender Schmerz zog sich
gefühlt von seinem linken Auge durch seinen ganzen
Schädel und er glaubte dass dieser sicher bald
zerbersten müsste.
„Verdammter Mist..." fluchte der blasse junge Mann,
während er sich in seinen Stuhl zurücklehnte und
seine schmerzenden Schläfen massierte.
Es dauerte eine Zeit lang, doch der Schmerz lies nach.
Es war eine anstrengende Zeit für ihn und Momente
der Ruhe wie dieser waren selten. Sein Körper war
von all den Geschehnissen der letzten Zeit erschöpft,

doch er konnte sich keine Auszeit erlauben – dafür hing zu viel von dem Gelingen seiner Aufgabe ab, die ihm allein aufgetragen worden war.

Sein Blick lag nun auf der Unordnung die in seinem Zelt herrschte. Überall verstreut lagen alte Bücher und Schriftrollen, sein Umhang lag einfach über seiner Liege auf die wärmenden Tierfellen geworfen. Sein Brustpanzer lag ebenso achtlos auf einer alten Holzkiste, einzig sein Schwert steckte säuberlich in dessen Scheide und ruhte auf einigen gefalteten Decken.

Eigentlich verachtete er Kämpfe und Gewalt, doch leider waren dies keine Zeiten in denen man sich dies aussuchen konnte.

Wenn man etwas beschützen wollte musste man dafür kämpfen, notfalls auch töten.

Der junge Mann lies sich nach vorn auf den provisorischen Schreibtisch sinken und lehnte müde seinen Kopf auf seine Arme. Er starrte nun vielmehr ins Leere und beobachtete die Staubkörner die im Dämmerlicht des Zeltes auf und ab tanzten.

Grübelnd strich er sich sein dunkles Haar hinter sein linkes Ohr sodass es nur die Sicht auf sein intensiv grün gefärbtes Auge preisgab, das andere war hinter dem dichten Haar verborgen. Erneut seufzte er und begann über die Vergangenheit zu grübeln.

Diejenigen die damals gelebt hatten und voller Hoffnung diese Schriften geschrieben und

gehofft hatten dass alles gut werden würde – Ihr Wunsch hatte sich nicht erfüllt. Es waren wohl 1000 oder 1200 Jahre gewesen in denen der Segen der Zwillingsgötter das Land hatte neu erblühen lassen. Sie hatten einen Teil ihrer Macht den Wesen dieser Welt überlassen, auf dass sie neu erstarken würden. So entstanden Engel, Dämonen und all jene Wesen die dazwischenliegen. Das Zusammenleben in dieser regelrecht neu geschaffenen Welt ging auch einige Jahrhunderte gut, alle lebten in Frieden und Harmonie miteinander.
Die Schrecken des Dunklen Zeitalters waren nun nicht mehr als Schatten der fernen Vergangenheit.

Doch nur weil etwas vergessen wurde war es nicht verschwunden. Es geschah so schleichend dass es kaum bemerkbar war, doch die Dunkelheit erwachte erneut in den Herzen. Eines Tages geschah es dann so plötzlich, ohne jegliche Vorwarnung.
An diesem schicksalhaften Tag vor 15 Jahren brach die Dunkelheit aus den Herzen derer, die ihre Macht der Göttin Yugure verdankten hervor und metzelten die Wesen ihres Bruders Yoakes nieder.
Die Götter selbst zeigten sich nicht und erhörten auch nicht das Flehen ihrer Schützlinge. Wie wilde Tiere stürzten sich die Dämonen auf alle Engelswesen und schlachteten sie regelrecht ab.
Yoakes Macht erlosch mit einem Mal und somit waren auch seine Schützlinge ihrer Kräfte beraubt.
Kraftlos konnten sie ihrer Vernichtung nichts entgegensetzen und so wurden alle Engel und Engelswesen vom Angesicht dieser Welt getilgt.

Nach einer Zeit der Ungewissheit und Verwirrung erschien Yugure schließlich ihren Günstlingen, welche wieder zu Sinnen gekommen waren und beanspruchte den Planeten für sich. Sie erhob die Stärksten unter ihren Anhängern zu ihren weltlichen Vertretern. Sie sollten ihre Herrschaft über die Welt sicherstellen. Ihren Thron schützen, der auf einem Meer aus Blut von unschuldigen Seelen erbaut war. Erneut war die Welt geradewegs dabei in die Finsternis zu fallen.

Aylon konnte sich nur dunkel an dieses Ereignis erinnern, obwohl er selbst war damals bereits sieben oder acht Jahre alt gewesen war. In der Stadt in der er aufgewachsen war hatten auch einige Engel gelebt. Beeindruckende Wesen mit gefiederten, mächtigen Schwingen die ihren Segen einst von dem gütigen, liebevollen Gott Yoake erhalten hatten. Es hatten neben Engeln und Menschen auch einige Günstlinge Yugures, Dämonen und andere Wesen in seiner Heimatstadt gelebt, doch es war ein friedliches Zusammenleben und im Großen und Ganzen hatten alle einander geholfen und sich gegenseitig unterstützt.

Da war dieses kleine Engelsmädchen mit dem er immer gespielt hatte sobald er es schaffte sich von zu Hause fort zu schleichen. Sie war damals ebenfalls getötet worden. Er hatte es nicht verstanden. Er war nur ein Kind gewesen und hatte nichts tun können um sie zu retten.

Doch trauriger stimmte ihn inzwischen vielmehr, dass er sich nicht einmal mehr an etwas von ihr erinnern konnte. Weder ihren Namen, noch ihr Gesicht.

Keine Stimme klang in seinen Erinnerungen, als wäre eine dicke Nebelwand in seinem Kopf die verhindern wollte, dass er sich erinnerte.

Aylon erinnerte sich nur an den Tag der alles verändert hatte.

Die Kreaturen Yugures hatten die Wesen ihres Bruders angegriffen und getötet. Ohne jegliche Vorwarnung hatte sich ein normaler Sommertag in ein Blutbad verwandelt.

Doch selbst er als Kind hatte gemerkt dass etwas im Argen lag. Die Dämonen die plötzlich so wirkten als hingen sie nur an den Fäden eines Puppenspielers... Sie hatten nur Engel und Halbengel getötet und jene andere die sich in ihren Weg gestellt hatten.

Und mit einem Mal, als wären sie aus einer Trance erwacht, hatten sie mit Panik in den Augen um sich auf die Berge von Leichen geblickt und schienen nicht zu begreifen was geschehen war.

Diesen Tag würde er nie vergessen können. Egal was er auch tun würde – dieser schreckliche Moment aus seiner Vergangenheit griff immer wieder in seinem Geist nach ihm, als wollte er sicherstellen dass er ihn nie vergessen würde.

Er schüttelte seinen Kopf um diese Gedanken der Vergangenheit zu vertreiben und stand auf während er seine müden Glieder ausgiebig streckte.

„Mein Herr, darf ich eintreten?" eine helle Frauenstimme drang von außerhalb des Zeltes zu ihm herein.

Aylon erwiderte nur „Natürlich Sierra, tritt ein..."

Die Eingangsplane des Zeltes wurde beiseite geschoben und eine Menschenfrau trat herein. Kurzes blondes Haar umspielte frech ihr burschikoses Gesicht. In eine schwere Rüstung gehüllt und mit dem großen Schwert an der Hüfte baumelnd, hätte man die junge Frau leicht für einen Mann halten können, wäre nicht ihre zweifellos weibliche Stimme als Kontrast gewesen. Sie verneigte ihren Kopf voller Respekt bevor sie zu sprechen begann.

„Ein Bote der Elfen aus Fal'odinn ist soeben eingetroffen. Er wünscht mit euch zu sprechen." diszipliniert sprach sie ihren Report bis etwas ihre Aufmerksamkeit auf sich zog.

Besorgnis stand in ihrem Gesicht, als sie Aylon ansah.

„Fühlt ihr euch nicht wohl? Ihr seid noch blasser als sonst... Ihr solltet euch endlich etwas ausruhen."

Aylon zuckte mit den Schultern und scherzte „Schlafen kann ich wenn ich tot bin... Ich habe keine Zeit für so etwas." Sierras Blick verfinsterte sich

„Mit so etwas solltet ihr nicht scherzen. Nach dem Treffen ruht ihr euch endlich einmal aus und wenn ich euch an euer Bett fesseln muss!" ihre Stimme war nun so hart, dass sie kein Widerwort zu lies.

Der junge Mann seufzte, doch dann nickte er widerwillig „... Ja, in Ordnung... ich... ich werde es zumindest versuchen… ich kann ja nicht zulassen dass bekannt wird dass mein General mich knebeln und fesseln muss, wenn ich nicht auf ihren Rat höre."

„Arrghhh! Ihr seid wirklich unmöglich!" beschämt lag etwas Röte auf ihren Wangen als sie beleidigt zur Seite sah, wobei Aylon ein Grinsen ins Gesicht schlich. „Aber ich danke euch für eure Fürsorge. Ich weis das wirklich zu schätzen." Aylon lächelte die Kriegerin nun an, worauf ihr Gesicht nur noch roter wurde. Doch er wusste auch dass Sierra sich nur Sorgen um ihn machte. Schließlich war er, der dies alles hier ins Leben gerufen hatte. Der sich als Anführer bewiesen und Verbündete um sich geschart hatte. Er war der Anführer der Rebellen, die sich gegen die grausame Herrschaft der Göttin erhoben. Zielstrebig schritt er auf seine Untergebene zu und klopfte ihr bestätigend auf die Schulter. Die blonde Kriegerin wich jedoch seinem Blick aus und ihre Aufmerksamkeit lag nun auf einem Gegenstand, welcher behutsam auf einem großen Tisch gebettet lag.

Sierra blickte auf ein langes, in groben Stoff geknotetes Bündel „Ich bin immer noch überrascht, dass sie die Wahrheit gesagt hat und wir das Schwert dort gefunden haben. Meint ihr, der Rest ihrer Vorhersehung tritt auch ein?" unsicher wandte sich die junge blonde Kriegerin an den etwas kleineren Schwertkämpfer vor ihr. Aylon blickte ernst auf das verhüllte Schwert welches hier vor ihm lag.

„Niemand kann mit Sicherheit wissen, was geschehen wird. Doch ich hoffe, dass Lady Miraell in ihren Vorahnungen Recht behält…"

Sierra durchzog ein kalter Schauer und sie fröstelte leicht. „Auch wenn sie uns hilft, ich kann Geister nicht ausstehen!" jammerte sie leicht während sie versuchte die Gänsehaut abzuschütteln.

Aylon konnte nur grinsen. Wenn es ihm helfen würde sein Zeit zu erreichen, würde er sogar einen Pakt mit dem dem Herrn der Unterwelt schließen.

„Es scheint die Zahnräder des Schicksals haben endlich begonnen, sich erneut zu drehen."

Er wandte seinen Blick von dem verhüllten Schwert ab und schritt zielstrebig zum Eingang des Zeltes und hob die Plane an um ins Freie zu treten.

Aylon blickte himmelwärts in das gleißende Licht der Sonne und musste seine Augen vor dem Licht schützen, bevor er sich seinen Weg durch das Getümmel des Lagers bahnen konnte.

1. Kapitel
'Das Mädchen, das vom Himmel fiel'

Shuyar senkte seine Hand nachdem er seinen Blick von dem strahlend blauen Himmel wieder abwandte, welcher zwischen den Baumkronen hindurch schien. Gelangweilt fing er an mit seiner Hand an einer seiner zwei längeren, geflochtenen Haarsträhnen seines dunkelgrünen Haares herum zu drehen, welches er teilweise ebenfalls zu kleinen Zöpfchen geflochten im Nacken hochgesteckt trug.

Ihm war warm, die ganze Zeit flog ihm ein kleines Insekt um die Ohren herum und es waren einfach keine Monster in der Nähe, an denen er seinen Frust hätte ablassen können.

Kurz gesagt - es war einfach zum Kotzen.

Eigentlich war ja eine ruhige Lichtung in dem sonst von Monstern überrannten Wald durchaus schön. Wahrscheinlich lag es an der Aura der Ruine die noch tiefer im Waldesinneren lag, dass Monster diese Gegend großräumig mieden – auch ihn fröstelte es manchmal kurz trotz der Sommerwärme.

Aber es war einfach zu dumm, denn er hätte gerne etwas Dampf abgelassen. Er mochte es zu kämpfen – was man wahrscheinlich darauf zurückführen konnte dass er ein Dämon war, auch wenn man es ihm nicht sofort ansah. Lediglich seine roten, katzenhaften

Augen und die leicht spitzen Ohren konnten Andere auf seine dämonische Herkunft schließen lassen.

Er war klein und schlank, hatte weder Hörner noch Flügel. Er besaß also kaum die eindrucksvolle, gefährliche Ausstrahlung die andere Dämonen umgab und man von seiner Rasse erwartete. Dazu kam noch sein recht feminines Gesicht, wegen dem nicht wenige Fremde hatten ihn schon öfters einmal für ein flachbrüstiges Mädchen gehalten hatten.

Wenn man dagegen seinen Zwillingsbruder Fircos ansah, konnte man kaum glauben dass sie Zwillinge waren. Sie waren so verschieden wie Tag und Nacht. Sein Bruder hatte dieselben silbergrauen Haare wie ihr Vater, ebenso wie die Hörner und Flügel während er selbst hatte nur die selben blutroten Augen besaß. Auch in Sachen Magie hatte er kaum eine Spur von seinem Vater geerbt, denn während Fircos das Element Dunkelheit verkörperte, lag ihm mehr das Wasser. Er fragte sich oft warum er so anders war als sein Bruder – warum sein Vater ihn kaum beachtete. Plötzlich fiel ihm ein was einmal ein inzwischen verstorbener Bekannter seines Vaters gesagt hatte: 'Du erinnerst mich sehr an deine Mutter.'

„Mutter…." flüsterte er mit einem traurigen Unterton. Er konnte sich nicht an seine Mutter erinnern obwohl er schon sechs Jahre alt war als sie starb. Das war während des Krieges vor nun 15 Jahren. Doch auch sein Bruder Fircos erinnerte sich nicht an sie und sein Vater antwortete ihm sowieso nie auf solche Fragen, daher versuchte es schon gar nicht mehr irgendwelche Antworten aus ihm zu heraus bekommen.

Nun versuchte er krampfhaft sich wenigstens an eine Situation, eine Geste oder an das Aussehen seiner Mutter zu erinnern – doch da war einfach nichts. Nicht einmal der Klang ihrer Stimme wollte in seinem Gedächtnis aufleben. "Verdammt… an irgendetwas muss ich mich doch erinnern können?!"

Seine geistigen Anstrengungen wurden von einem stechenden Kopfschmerz unterbrochen. Der Schmerz blieb jedoch nicht nur in seinem Kopf, sondern breitete sich über seinen gesamten Körper aus und er sackte auf die Knie. Als wollte er verhindern dass sein Kopf von dem plötzlichen Schmerz zerspringen würde, presste er seine Arme an seinen Kopf bis plötzlich auch noch ein schriller, unerträglicher Ton in seinem Kopf dröhnte. Der Wald begann sich immer schneller um ihn herum zu drehen und ein kleiner Vogel sah ihn verwirrt an. Er wollte schreien, brachte jedoch nur einen krächzenden Ton aus seiner Kehle. Er spürte wie etwas Warmes aus seiner Nase tropfte, wahrscheinlich war es Blut.

„Auf...hören… es soll… aufhören!!" krächzte er mit seiner Stimme die beinahe zu versagen schien.

Die Tränen, die über seine Wangen rollten waren das Letzte, das er spürte.

Plötzlich war der Schmerz, der Ton, einfach alles weg. Nichts drehte sich mehr, aber es war sowieso auch nichts anderes mehr da außer Schwärze im ihn herum. Vermutlich hatte er wohl das Bewusstsein verloren. Schwer stöhnend kniff er seine Augen zusammen und versuchte sich aufzurichten, doch sein Körper fühlte sich unglaublich schwer an.

Langsam kam er wieder auf die Beine und sah sich verwirrt um.

„Was zum… Wo bin ich?" Um ihn herum herrschte eine drückende Stille und Dunkelheit.

Zudem fühlte sich die Atmosphäre so unangenehm und angespannt an, dass er eine Gänsehaut bekam und in ihm der Drang aufstieg zu flüchten.

Doch es gab nichts wohin er hätte rennen können, denn nirgends sah er etwas anderes als diese undurchdringliche Dunkelheit.

„Das ist kein Traum…oder?" Plötzlich glaubte er Schritte hinter sich zu hören und wirbelte erschrocken herum.

Einige Meter von ihm entfernt stand mit einem Mal eine Person welche von einem sehr schwachen, jedoch beständigen, warmen Licht umgeben wurde.

Als sich seine Augen an die Dunkelheit gewöhnt hatten konnte er sogar zu erkennen, dass es die Form einer Frau war. Mit einem mal begann die fremde Person zu ihm zu sprechen „Shuyar… ich habe nicht viel Zeit… sonst entdeckt 'Er' mich…" in ihrer sanften, freundlichen Stimme lag ein trauriger Ton.

Nun konnte er ihre endlich Gestalt erkennen. Es war eine schlanke Frau, langes blondes Haar welches mit einer Haarspange zusammengehalten wurde hing über ihrem Rücken. Der Mantel den sie über ihrem knielangen weißen Kleid trug, hatte dan selben himmelblauen Ton wie ihre sanften Augen.

„Wer bist du? Und was willst du eigentlich von mir? Ich will wissen was hier los ist!" brüllte der verunsicherte Grünhaarige nun zurück. Das Ganze war Shuyar alles andere als geheuer.

Die Frau senkte betroffen ihren Blick „Es tut mir leid... es liegt wohl an dem Bann... doch ich... nein, wir alle brauchen deine Hilfe."

Fircos erreichte gerade die Lichtung und freute sich wie ein kleines Kind dass er das Buch so schnell gefunden hatte. Sein Brüderchen hatte ihm zwar gesagt wo das Buch lag, doch im Zimmer seines Bruders herrschte ein unheilbares Chaos. Die Beschreibung hatte auf unzählige Bücher gepasst die überall verteilt lagen und das hatte sein 'kleiner' Bruder wohl nicht bedacht.

Dem fröhlichen, silberhaarigen Dämon glitt das Buch jedoch einfach aus der Hand, als er die Lichtung erreichte. Seine roten Augen weiteten sich in Panik, als er seinen Bruder gekrümmt am Boden liegen sah. So verkrampft würde niemand liegen der einfach eingeschlafen wäre. „Shuyar!" Er rannte schnell in die Lichtung und warf sich neben seinem bewusstlosen Bruder auf die Knie ins Gras.

Das Gesicht seines Zwillings war teils blutverschmiert, doch das Nasenbluten schien inzwischen gestoppt zu haben.

„Scheiße..." Er hob ihn sanft an den Schultern an und schüttelte ihn leicht in der Hoffnung, dass er dadruch

aufwachen würde „Hey… mach bloß keinen Scheiß…"
Fircos wusste einfach nicht was er tun sollte. Ab und
zu sah es aus als wenn Shuyars Gesichtsausdruck sich
leicht verändern würde, dass seine Lippen sich so
schwach bewegten als würden sie versuchen Worte
zu formen.
'Verdammt! Wach doch einfach auf du Dummkopf!'
Während er seinen Bruder nun näher zu sich herzog
und ihn einfach nur in den Armen hielt gingen ihm
alle möglichen Befürchtungen durch den Kopf, doch
er hoffte dass sein 'kleiner' Bruder gleich aufwachen
würde und ihm für seine Umarmung einen Kinnhaken
verpassen würde.

Shuyar sah die Frau skeptisch an „Und warum sollte
ich gerade dir helfen? Ich kenne dich nicht.
Außerdem wüsste ich nicht was ich davon hätte.
Ich weis ja nicht einmal wer du bist."er klang nun
vielleicht ausgesprochen unfreundlich, doch das lag
wahrscheinlich an der Art und Weise, wie er zu
diesem Zusammentreffen gebracht worden war.
Außerdem war er Fremden gegenüber meistens
ausgesprochen misstrauisch.
„Ich? Ich bin… Miraell… ich weis jedoch genau wer
du bist. Ich weis was vor 15 Jahren geschah... das ist
es doch was du dir am meisten wünscht? Zu wissen
was damals passierte… und warum du so bist wie du
bist."

Shuyar wurde blass - Sie sollte seine Vergangenheit
kennen? Warum sollte gerade diese Fremde das
wissen, an das er sich nicht erinnern konnte?

Nun kämpfte er innerlich mit sich - vielleicht wusste sie tatsächlich was, vielleicht nicht. Sein Blick verfinsterte sich „Was bist du?"

Miraell sah jedoch von ihm fort in die Dunkelheit „Ich muss gehen, er hat eine Anwesenheit bemerkt…" sprach sie und verwand langsam in der Dunkelheit hinter sich „Halt warte! Antworte mir!" rief er ihr hinterher. Er hörte sie nur noch flüstern „Ich... bin ein Engel."

Plötzlich traten grell leuchtende Schwingen aus ihrem Rücken hervor und Shuyar wurde von dem Licht zurück in die Realität gedrängt.

Fircos erschrak als sein Bruder plötzlich die Augen aufriss und hochschrak, während er ihn verwirrt ansah. Dem Größeren fiel ein Stein vom Herzen und er drückte sein Brüderchen fest an sich.

„Hey! Was soll das? Lass mich los!" Shuyar schien es gut zu gehen, denn er zappelte wild und wollte sich so aus seinem Griff lösen, das er jedoch erst schaffte nachdem er ihm leicht in die Rippen geboxt hatte.

Wehleidig hielt sich Fircos seine schmerzende Rippe während Shuyar aufstand und sich den Staub und Dreck des Waldbodens von der Hose klopfte. Noch etwas neben sich, wischte er sich mit seinem Mantelärmel sein Gesicht sauber, bis er meinte alles getrocknete Blut entfernt zu haben.

Fircos stand ebenfalls auf „Sag mal, warum warst du eigentlich bewusstlos?" man sah wie Shuyar nachdachte „Hmm… Weis nicht… Ich hatte plötzlich starke Kopfschmerzen… und dann war da noch dieses komische Geräusch… und dann war…" er verstummte und sein Gesicht verfinsterte sich.

„Dann war was?" hakte sein Bruder etwas skeptisch nach. „Ich… Ich kann mich nicht daran erinnern!" „Dann war es sicher nichts Wichtiges" sagte Fircos scherzhaft, doch ganz geheuer schien ihm das Ganze trotz allem nicht zu sein. Fircos leckte kurz über seinen Daumen und packte dann das Gesicht seines zeternden Bruders um die letzten Reste des Blutes in dessen Gesicht wegzuwischen.

Fircos fand es durchaus witzig dass Shuyar sich nicht ununterbrochen darüber beschwerte, sondern über sein Gedächtnis das wohl vielmehr einem Sieb glich.

„Doch, es war etwas Wichtiges… Ich kann mich nur einfach nicht mehr daran erinnern!" Shuyar hatte nun den Gesichtsausdruck eines schmollenden Kleinkindes angenommen. Fircos konnte sein herzhaftes Lachen nicht unterdrücken.

Shuyar antwortete darauf einfach nur „Ach lass mich doch… ist ja jetzt auch egal." plötzlich schien ihm etwas einzufallen „Hast du das Buch?"

Fircos schrak hoch, als er merkte dass er das Buch zuvor ihn seiner Panik irgendwo hingeworfen hatte „Ich hatte es doch irgendwo ---" noch während des Redens begann er in den nahen Gebüschen herumzukriechen und bot seinem kleineren Bruder einen höchst seltenen, jedoch durchaus unterhaltsamen Anblick. Shuyar überlegte schon ob er seinem Bruder helfen sollte weil er feststecken könnte, doch dann meldete dieser sich triumphierend zu Wort „Ich habs!!!"

Fircos fischte ein etwas verstaubtes und nun auch dreckiges Buch aus dem Gebüsch und gab es seinem Bruder. "Danke" nickte Shuyar nur und begann darin zu

blättern „Wenn ich fliegen könnte hätte ich es selber schnell geholt."

Deshalb war Fircos zurück zum Schloss geflogen, außerdem wollte Shuyar seinen Vater nicht sehen wenn es nicht unbedingt sein musste. Er dachte an die verachtungsvollen Blicke die er immer von ihm erntete. Sein Vater verachtete ihn vielleicht nicht wirklich, aber behandelte ihn immer wie einen Schwächling, einen Außenseiter.

Er konnte doch auch nichts dafür dass er kaum etwas dämonisches in sich hatte. Fircos dagegen behandelte er relativ normal – auch wenn es hier ebenfalls eine unsichtbare Linie gab, die sein Vater nie überschritt.

Zumindest konnte sein Bruder normal mit ihrem Vater reden und dieser bevorzugte Fircos auch deutlich. Manchmal hasste er seinen Bruder dafür. Dann hasste er seine eigene Eifersucht, denn Fircos war auch der Einzige der ihn so akzeptierte wie er war und ihn nicht verspottete oder bemitleidete.

Er hielt immer zu ihm egal was war.

Sein Bruder war wirklich die wichtigste Person in seinem armseligen Leben und er liebte ihn wirklich von ganzem Herzen, auch wenn er es oft nicht zeigen konnte.

Fircos riss Shuyar aus seinen Gedanken „Sollen wir zur Ruine gehen? Es ist noch ein ganz schönes Stück. Wenn wir bis zum Einbruch der Nacht wieder zurück sein wollen, sollten wir uns beeilen."

„Ja, lass uns gehen" ein Lächeln schlich sich auf Shuyars oft so mürrisch dreinschauendes Gesicht.

Er war wirklich froh dass er seinen Bruder an seiner Seite hatte.

Sie gingen eine ganze Zeit lang einen alten, überwucherten Pfad entlang. Auf beiden Seiten des kleinen Weges wuchsen gigantische Bäume die dort schon seit Jahrhunderten stehen mussten. Nach einiger Zeit erreichten sie eine Lichtung und trotz der überall wachsenden wunderschönen, blutroten Blumen war es ein Ort der eine beängstigende Aura ausstrahlte.

Ein Ort des Todes.

Inmitten der Blumenpracht stand die Ruine eines Tempels, der nun nur noch ein Schatten des prachtvollen Gebäudes war welches es einst gewesen sein musste. Die kunstvoll verzierten Mosaikfenster zerbrochen, die Säulen an der Vorderfront zerstört und riesige Löcher zierten die dicken, hellen Mauern. Es war nur schwer vorstellbar dass dies vor 15 Jahren ein Ort war an dem die Leute kamen um zu beten, Heiler aufsuchten oder einfach redeten. Doch als das änderte sich mit dem Krieg.

Die letzten, geschwächten Engel verschanzten damals sich in den Tempeln, ihren einzigen übrig gebliebenen Zufluchtsstätten und kämpften um ihr Leben.

Doch keiner der Engel entkam seinem Schicksal in jener Schlacht. Die Aura des Todes lag so dick in der Luft, dass Shuyar meinte sie greifen zu können.

Dem grünhaarigen Dämon lief ein eiskalter Schauer über den Rücken, je näher sie dem Gemäuer der Ruine kamen.

Auch Fircos wirkte ebenfalls extrem angespannt, als wartete der Größere nur darauf das etwas passierte. Sie schritten langsam über die zerbrochenen, hellen Steinplatten die zum Eingang führten wo einst hölzerne, verzierte Torflügel gewesen sein mussten. Teile davon hingen noch schräg in den Angeln, überall lagen morsche, bemooste Splitter und Teile der einst prachtvollen Tore auf dem Boden die nun allmählich verwitterten. Das verrottende Holz knackte unter ihren Füßen als sie die große Halle betraten in der sich einst die Leute trafen um gemeinsam zu beten. An den Wänden konnte man Überbleibsel von Reliefen und zerstörten Statuen ausmachen die einst davor gestanden haben mussten. Sie gingen durch die Eingangshalle und betraten das Herz des Tempels, ein Raum indem eine große zerstörte Statue des Gottes Yoake stand. Halb zerfallene Bänke und ein dem Zusammenbruch naher steinerner Altar vervollständigten die gespenstische Atmosphäre.

Die einst wunderschönen, riesigen Buntglasfenster waren zerbrochen und ließen den Raum in einem teils bunten Dämmerlicht erscheinen.

„Es ist... irgendwie unheimlich..." Shuyar brach das Schweigen „Find' ich auch - ich will gar nicht wissen was hier während des Krieges alles passiert ist."

Es lag eine unheilvolle Aura in der Luft – man konnte meinen die Schreie der Toten hören zu können, die hier ihr Leben gelassen hatten. Ihr Zorn, Hass und ihre Angst hatten diesen Ort für immer verändert.

Fircos sah sich angespannt um. Auf der linken Seite war zwar eine Tür, doch dahinter war nichts Interessantes. Es waren nur Zimmer für die Priester und für Gäste, eine Küche und ein Speiseraum.

Es gab zwar auch etwas was an eine Bibliothek erinnerte, doch mit den halb verbrannten und vermoderten Büchern und Schriften konnte inzwischen niemand mehr etwas anfangen.

Der kleine Gang der rechts von ihnen lag weckte das Interesse der Brüder schon mehr. Shuyar nahm das Buch aus seiner Tasche und blätterte darin während sie dem Weg folgten. Nach einigen Ecken und Windungen versperrte ihnen ein großes Holztor den Weg. In dessen Mitte leuchtete schwach ein blaues Pentagramm, ähnlich eines Zaubersymbols. Es hatte sie zuvor gehindert die Tür zu öffnen. Sie hatten alles Mögliche versucht um in diesen Raum zu kommen, doch nichts hatte gewirkt. Es hatte die Tür in ihrem perfekten Zustand erhalten, während der Rest des Gebäude zerfiel. Allein das musste doch schon etwas zu bedeuten haben, oder etwa nicht?

Fircos grinste seinen Bruder frech an und es sich nicht verkneifen den Kleineren zu necken „Willst du nicht lieber noch mal versuchen sie einzutreten?" Shuyar wandte seinen Blick vom Buch ab und funkelte Fircos finster an „Ach lass mich doch in Ruhe…"

Diese Aktion damals war wie die meisten eher peinlich verlaufen und sein liebster Bruder würde sie ihm wohl noch als alten Mann unter die Nase reiben. Er hatte versucht die Tür mit Anlauf einzutreten. Das Einzige was er damit erreicht hatte war, dass er danach eine Stunde vor Schmerzen nicht mehr richtig hatte gehen können und nur noch gehumpelt war.

Danach hatte er keine Lust mehr gehabt diese dumme Tür aufzubekommen. Doch dieses magische Symbol lies ihm trotz allem keine Ruhe. Als er dann eines Tages in der Bibliothek des Schlosses einige alte Bücher durchforstete wurde er schließlich fündig, es war ein magisches Siegel welches früher an besonderen Orten angebracht wurde um etwas zu schützen. Es lies sich nur zerstören wenn man den entsprechenden Zauber wusste und einigermaßen in der Magie bewandert war. So waren die Schätze gegen einfache Diebe und Räuber perfekt geschützt gewesen.

„Warum… haben sie nicht in diesem Raum Schutz gesucht?" fragte Fircos bedrückt. Shuyar wusste, dass er von den hier getöteten Engeln sprach, die einst hier Zuflucht gesucht hatten. Ab und zu überraschte sein Bruder ihn mit für seine Verhältnisse recht tiefgründigen Fragen – Fircos war eine Frohnatur und lebte mehr in den Tag hinein, als alles und jeden zu hinterfragen.

„Nun ja. Wenn man nicht den darauf abgestimmten Zauber kennt… bekommt man sie nicht auf, wie wir zuvor… sie standen wortwörtlich vor verschlossenen Türen. Wenn ein oder zwei Priester den Spruch kannten und diese bereits tot waren… dann war's das." Der Blick des Silberhaarigen verfinsterte sich. Es schien ihn sehr zu bedrücken was hier vor 15 Jahren geschehen sein musste, doch er sagte nichts weiter und blieb still.

Shuyar begann sich zu konzentrieren und Fircos ging vorsichtshalber ein paar Schritte zurück. Shuyar flüsterte eine fremdartige Formel und plötzlich erschien unter ihm ein leuchtendes Pentagramm, das wie von Geisterhand geschrieben langsam immer größer wurde und die Form des Siegels auf den Türflügeln annahm. Von den glühenden Zeichen auf dem Boden ging eine solche Kraft aus, dass es Shuyars Haare und seinen Mantel regelrecht nach oben wehen ließ. Shuyar ließ schließlich das alte Buch los und es schwebte in genau derselben Position weiter. Fircos fand es immer wieder beeindruckend seinem 'kleinen' Brüderchen beim Zaubern zuzusehen, denn er selbst war mit der Magie nicht so begabt. Er merkte dass Shuyar seine Formel nun dunkler und mit einer energischen Stimme aussprach. Das Pentagramm löste sich auf und das nun sanfte Glühen bündelte sich um Shuyars rechte Hand.

Er berührte die Tür und das Siegel der Tür und das Glühen des Zaubers erlosch.

Das Buch fiel zu Boden und wirbelte Staub auf während Shuyar seine Frisur richtete. Das Siegel war gelöst und der Weg war nun frei. Er hob das Buch auf und schnaufte ein paar Mal tief durch, Fircos trat wieder näher und klopfte ihm stolz auf die Schulter „Du warst echt toll Brüderchen!" Shuyar legte seinen Kopf schräg und erwiderte nur „Das hättest du sicher genauso gut geschafft..." und lächelte verlegen.

Fircos stellte wieder einmal fest dass sein Bruder sich unterschätzte. Er meinte nie stark genug zu sein und wenn er einmal etwas gut gemacht hatte wertete er dies selbst als höchstens 'durchschnittlich' ab.
„So, da du die Tür jetzt auch schon mal entriegelt hast kannst du sie doch gleich noch aufmachen oder?" Shuyar setzte wieder seinen störrischen Ge-sichtsausdruck auf „Natürlich, sonst würde der gnädige Herr sich ja die Finger schmutzig machen..."
„Wozu sind kleine Brüder sonst da?" neckte Fircos ihn weiter.

Shuyar drückte die schweren Türflügel langsam auf und spähte vorsichtig hindurch. Das war sein Glück. Denn gerade als er die Tür mit einem letzten Drücker schwungvoll ganz öffnen wollte, sah er nur einen Schatten der ihn ansprang. Scharfe Reißzähne die ihm entgegen bleckten. Aus Reflex riss er seine Arme nach oben um sein Gesicht zu schützen, doch dann pulsierte schon ein stechender Schmerz durch seinen Arm. Es war der Schmerz von messerscharfen Zähnen, die sich in seinem Arm verbissen hatten und versuchten ihn zu zerfleischen.

„Shuyar!!!" Fircos beschwor blitzschnell seine magische Klinge aus der Dunkelheit stürzte sich auf die Kreatur vor ihm. Er schlug nach dem Tier um seinem Bruder zu helfen als die Kreatur von Shuyar abließ und seiner Attacke elegant durch einige Sprünge auswich.

Nun konnten die Brüder ihren Angreifer klar erkennen. Es war ein großer, weißer Wolf dessen Fell an einigen Stellen ins tiefe Türkis überging. In einem Ohr hatte er einige kleine goldene Ohrringe, an seinen Backen hingen dünne, lange Haarsträhnen herunter die mit Perlen zu kleinen Zöpfen gebunden waren. Der angespannte Blick der beiden eisblauen, von tiefem Schwarz umrahmten Augen haftete fest an ihnen. Die blutverschmierten Zähne gefletscht, knurrte der Wolf sie noch immer bedrohlich an. Doch dann leckte das aggressive Tier seine Zähne und sein Blick änderte sich. Verwirrung lag in seinen klaren Augen und während sein Gesicht sich entspannte schien der Angreifer tief in Gedanken.

Shuyar hielt seinen verwundeten Arm und versuchte die Blutung abzudrücken, als er voller Wut nur brüllte „Das elende Mistvieh mach ich fertig!" Doch als er gerade wieder auf den Beinen stand machte der Wolf kehrt und sprang einfach durch eine

Mauer hindurch, als wäre es kein Stein sondern nur eine Nebelwand. Er war einfach so verschwunden. Der seltsame Wolf war genauso schnell wieder fort wie er aufgetaucht war.

„Was war das?!" fragte Fircos stutzig, als er sein Schwert wieder hatte verschwinden lassen „Frag mich was leichteres…" antwortete Shuyar barsch, als er seinen verletzten Arm nun genauer untersuchte. Sein Ledermantel hatte ihn anscheinend vor dem Schlimmsten bewahrt. Der Biss war nicht so tief wie auf den ersten Blick gedacht und die Blutung stoppte schon fast.
„Ich frag mich eher was dieses Drecksvieh überhaupt hier in diesem…" Shuyar unterbrach seinen Satz als er sich erst einmal genauer umsah „… leeren Raum gemacht hat…" „Das nenn ich mal einen Reinfall."
Fircos war sichtbar enttäuscht - die ganze Mühe war umsonst, in diesem Raum war absolut gar nichts.

Außer einigen verstaubten Ornamenten an Wänden und Decke, zwei Statuen und einer halbhohen, verzierten Säule in der Mitte war der Raum leer.
„So eine Scheiße…" Shuyar stampfte wütend in dem Raum herum, das Ganze kotzte ihn schon wieder an.
Fircos sah sich die Verzierungen genauer an, konnte jedoch nichts Ungewöhnliches oder Interessantes entdecken „So eine Pleite…" seufzte er nur.
Shuyar lehnte sich mit seinem Rücken an die Säule und begann zu grübeln. Denn warum sollte man einen leeren Raum versiegeln und was wollte dieser Wolf hier? War er all die Zeit in diesem Raum

gewesen? Wie hatte er das überleben können? Und warum hatte er von ihm abgelassen nachdem er... weiter kam Shuyar nicht – denn er hörte eine Stimme in seinem Kopf rufen „Erinnere dich!"

Auf einmal war es wieder da, dieser unerträgliche Kopfschmerz, der seinen Körper lähmte. Bilder flossen in seinen Kopf, doch sie waren verschwommen und schienen wie Fetzen einer verblassten Erinnerung.

Er sah eine Frau und er hielt ihre Hand... er war noch klein, höchstens drei oder vier Jahre und sie spazierten über eine Wiese. Er sah zu ihr herauf, sie sprach zu ihm doch er konnte weder ihr Gesicht erkennen noch hören was sie zu ihm sagte. Sie kamen einer Baumgruppe näher als er plötzlich ihre Hand losließ und losrannte. Jetzt sah er seinen Vater, welcher lachend mit dem ebenso noch kleinen Fircos herumalberte. Als Shuyar ihn endlich erreicht hatte hob sein Vater ihn hoch in die Luft und anschließend spielten sie zu dritt noch einige Zeit.

Doch der Schmerz lies nicht nach und Shuyar glaubte dass sein Kopf einfach zerspringen würde.

Die Frau setzte sich zu ihnen und Fircos rannte gleich zu ihr und umarmte sie.

„M...Mama?" Shuyar brachte nur ein kleines Krächzen heraus.

Plötzlich sah er andere Bilder, voller Blut und Leichen... doch es waren nicht irgendwelche Toten – es waren tote Engel. Und er sah seinen Vater inmitten der leblosen Körper. Er lachte. Sein manischer Blick lag auf dem leblosen Körper, welcher in diesem Moment unter ihm ausblutete. Der beängstigende Blick in dem blutverschmierten Gesicht, der ihn nun leicht verwirrt direkt ansah.
Die blutgetränkten Hände die nach ihm griffen. Er hatte so furchtbare Angst.

„Fir...cos..." flüsterte Shuyar, doch dann fühlte er wie sein Kopf ganz leicht wurde während die Bilder nicht aufhörten auf ihn einzuströmen.
Er hörte eine sanfte Stimme die weit entfernt zu sein schien „Vielleicht war es zu viel für den Anfang..."
Der Schmerz wurde schwächer und er spürte wie sein Körper einfach unter ihm zusammensackte.

Fircos drehte sich herum, da er glaubte dass Shuyar seinen Namen gesagt hatte und sah nur noch wie sein Bruder zusammenbrach. Er eilte zu ihm und schaffte es grade noch ihn zu packen bevor sein Kopf auf den Steinboden aufgeschlagen wäre und ging neben ihm in die Knie.
„Shuyar? Was ist los? Sag was!" Panik und Angst stiegen erneut in dem silberhaarigen Dämon auf.
„Fi.... ich...ich muss hier raus..." krächzte Shuyar leise.
Fircos war entsetzt. Shuyars Augen waren panisch geweitet, sein Gesicht war schmerzverzerrt und kalter Schweiß lief seine Stirn hinunter. Er zitterte am ganzen Leib und schien mit einem Mal völlig kraftlos.

Fircos half ihm auf und stützte ihn während Shuyar sich einfach nur an ihn klammerte und sich auf darauf konzentrierte einen Fuß vor den anderen zu setzen. Fircos machte sich ernsthaft Sorgen. Shuyar war nie kränklich gewesen. Sein kleinerer Bruder war derjenige, der immer topfit war und vor Energie nur so sprühte. Doch diese Kopfschmerzen von denen er erzählt hatte, beunruhigten ihn. Er zog mehr von dem Gewicht seines Bruders auf seine Schulter und hetzte mit ihm ins Freie.

Die frische Luft tat gut, sie vertrieb die Schmerzen. Shuyar schob Fircos zu Seite, denn er brauchte keine Hilfe mehr „Es geht wieder..." brummelte er.
Fircos sagte nichts darauf denn er wusste was für ein Dickkopf sein Bruder war.
„Lass und nach Hause gehen Shuyar..." schlug Fircos vor. Shuyar war allein der Gedanke seinen Vater zu sehen unangenehm, doch er willigte trotzdem ein.
„Du hast wohl Recht..." erwiderte Shuyar bedrückt
„Ich habe immer Recht." sagte Fircos während er liebevoll durch Shuyars Haare wuschelte.
„Lass das! .... Toll, jetzt seh' ich sicher aus wie ein Wischmopp..." nörgelte Shuyar als er leicht genervt wieder den Waldweg entlang stampfte den sie gekommen waren. Fircos kicherte nur und schlenderte hinterher. Er war nur froh dass Shuyars Schmerzen scheinbar nachgelassen hatten und es ihm wieder so gut ging, dass er ihn anmotzen konnte.

'Wäre ich doch bloß nicht hergekommen!'

Dies war momentan der einzige Gedanke den das rennende, junge Mädchen hatte. Langsam kam sie außer Atem, doch sie musste weiter rennen wenn sie überleben wollte.

Innerlich hielt sie sich ihre Strafpredigt 'Toll hast du das gemacht Faith! Nicht nur dass du trotz aller Warnungen alleine in diesen gefährlichen Wald gegangen bist, dich verirrt hast und nun noch deine einzige Waffe verloren hast... nun wirst du auch noch anscheinend von dem einzigen Drachen in diesem ganzen verfluchten Wald gejagt!'

Ihre langen, weinroten Haare wehten im Wind, ihr hellgelbes Gewand war verschmutzt und zerfleddert. Ihre leichte Lederrüstung war an einigen Stellen stark beschädigt, zerrissen von riesigen Krallen. Sie blieb kurz stehen und lauschte. Ihr Herz schlug ihr bis zum Hals und die Anspannung lies sie den Atem anhalten. Doch dann hörte sie auch schon einige Bäume hinter sich stürzen und der riesige Drache der vor Zorn aufbrüllte.

Sie rannte weiter. Sie kam an den Waldrand, stolperte regelrecht hinaus und sah dass sie in der Falle saß. Vor ihr war nur noch ein Felsvorsprung. Sie rannte zur Kante hin um zu sehen ob sie möglicherweise springen oder klettern konnte, doch als sie sah wie hoch der Abgrund war, wurde ihr ganz flau im Magen.
„Was ist wohl besser... von einem Drachen gefressen zu werden oder hier ungefähr 40 Meter hinunter fallen und als Matschhaufen enden – klingt

beides nicht sehr schmeichelhaft..." sprach sie laut zu sich selbst. Sie starrte einfach nur noch auf die weit entfernten Baumkronen unter sich. Sie hörte hinter ihrem Rücken die Bäume ächzen und als sie sich umdrehte stieg die Panik erneut in ihr hoch, denn der Drache war nur noch höchstens 30 Meter entfernt. Jetzt erkannte sie wie aussichtslos ihre Lage war. Der Drache war mindestens sechsmal so groß wie sie, nein noch viel größer – er war einfach gigantisch. Sie wich einige Schritte zurück bis sie merkte dass hinter ihr der Boden aufhörte. Sie hatte Angst und schrie: „Ich will noch nicht sterben! Nicht hier, nicht jetzt und nicht so!"

Kaum hatte sie ihren Satz beendet hob der Drache seine Pranke und schlug nach ihr. Vor ihr lief alles in Zeitlupe ab: Sie wich aus Reflex aus, doch der Hieb riss sie trotzdem von den Füßen. Sie spürte den Schmerz des Schlages in ihrem Magen, fühlte regelrecht wie ihre Rüstung sich in Fetzen auflöste als sie ihr Gleichgewicht verlor und fiel.
„So endet es also... Verdammt..." das waren ihre letzten Gedanken bevor sie ihr Bewusstsein verlor und immer schneller fiel. Doch sie bemerkte auch nicht das sanfte Leuchten welches sie umgab.

Shuyar schreckte hoch als er das grollende Gebrüll hörte. „Hört sich an wie ein Drache... ich frage mich was der hier macht." Fircos versuchte gerade herauszufinden woher das Geräusch gekommen war, als etwas plötzlich direkt über ihnen durch das Blätterdach krachte.

Es war genauer gesagt genau über Shuyars momentanen Standort. Shuyar riss den Kopf nach oben als es ihn auch schon traf.
„WA---ARRRGHHH!!!"

Es war ein Mädchen, umgeben von einem seltsamen hellen Leuchten. Shuyars erschrockenes 'ARGH!!!' war der letzte Laut den Fircos von seinem Bruder hörte. Denn das Mädchen fiel ihm regelrecht in die Arme, sein kleiner Bruder verlor das Gleichgewicht, stürzte nach hinten und prallte ungebremst auf den Boden. Als der aufgewirbelte Staub sich gelegt hatte, lag der Kleinere wie so oft heute durch den Sturz bewusstlos am Boden.

Der einzige Unterschied war, dass dieses Mal quer über ihm dieses bewusstlose Mädchen lag. Fircos stand völlig perplex da. Seine Gedanken überschlugen sich und sein Gehirn würde sicher bald Rauchsignale aus den Ohren geben. Die einzigen Worte die er in dieser eher ungewöhnlichen Situation aus sich herausbrachte waren:

„Scheiße… was mach ich denn jetzt?!"

2. Kapitel
'Home, Sweet Home'

Die Abenddämmerung hatte bereits eingesetzt und die letzten Strahlen der Sonne machten den ersten Sternen Platz. Fircos hoffte, dass sein hastig gesammeltes Feuerholz für die Nacht reichen würde und kehrte zu der Lichtung zurück, auf der er einige Stunden zuvor Shuyar gefunden hatte.
Nun lag sein Bruder erneut dort, nun auf seinem schwarzen Ledermantel am Boden. Doch dieses Mal lag zusätzlich unweit von ihm noch das fremde, rothaarige Mädchen dem Fircos seinen eigenen Mantel untergelegt hatte – keine Dame sollte auf dem Waldboden schlafen, selbst wenn sie seinen Bruder bewusstlos geschlagen hatte. Zudem glaubte der Silberhaarige nicht, dass sie absichtlich dieses Attentat auf seinen kleinen Bruder ausgeübt und sich von der hoch aufragenden Klippe gestürzt hatte.

Er erreichte die Lichtung und fand die beiden immer noch schlafend vor. Zuvor hatte er es geschafft einen notdürftigen Schutzwall zu zaubern der zumindest die schwächeren Monster davon abhalten sollte den beiden zu nahe zu kommen. Er legte das gesammelte Holz auf einen kleinen Haufen und versuchte anschließend ein Lagerfeuer zu entzünden.
Er selbst hatte den Eindruck dass er sich wie der erste Dämon auf der Welt anstellte, der versuchte ein

Feuer zu entzünden, denn seine Magie half ihm nicht wirklich weiter. Feuermagie war nicht wirklich eines seiner Talente, er beherrschte eher die Schatten. Eine magische Klinge aus der materialisierten Dunkelheit ziehen. Seine Gegner in Dunkelheit hüllen und ihnen Albträume bescheren, das entsprach eher seinem Fachgebiet. Aber ein einfaches Feuer entzünden? „Jetzt reiß dich mal zusammen. Du wirst es wohl schaffen ein einfaches Lagerfeuer zu machen... Shuyar würde mich auslachen wenn er wüsste wie dumm ich mich gerade anstelle..." da keiner der Anwesenden wach war, war es vielmehr ein Selbstgespräch welches der junge Dämon mit dem silbergrauen Haar und den kleineren Hörnern führte.

Nach einigen Versuchen hatte er es endlich geschafft dass einige Funken ein kleines Feuer entfachten und er legte zufrieden einige trockene Äste dazu, aus Angst dass es ihm gleich wieder ausgehen würde. Denn obwohl es Sommer war, waren die Nächte in dieser Region kühl und der Schein der Flammen würde auch sicherlich einige wilde Tiere fernhalten.

Die Zeit verging nur langsam. Er hörte ein Käuzchen schreien, hier und da raschelte es im Laub. Ab und zu leuchtenden ihn kleine, reflektierende Augen von Mäusen oder ähnlichen Waldbewohnern an, die jedoch rasch wieder im Dickicht des Waldes verschwanden. Er träumte vor sich hin und stocherte mit einem langen Ast gelangweilt in der Glut des Lagerfeuers herum, als er plötzlich ein leises Stöhnen von der

Seite vernahm.

Er sah wie das Mädchen sich langsam aufrichtete und sich noch sichtbar verwirrt umsah.

„Na, endlich wach?" fragte Fircos lächelnd während er seinen Blick nicht von den Flammen abwandte.

Das Mädchen zuckte erschrocken zusammen, denn scheinbar hatte sie ihn bis eben noch nicht bemerkt gehabt. „W-Wer bist du? Und wo bin ich?" stotterte sie panisch während sie wirkte als wollte sie jede Sekunde flüchtend aufspringen.

„Ich bin Fircos und das ist mein Bruder Shuyar." antwortete er gelassen und zeigte zu seinem Bruder, welcher nun scheinbar auch langsam wieder zu Bewusstsein kam.

„Du bist noch im Wald." das Mädchen musterte Fircos und ihr klarer Blick wechselte zwischen den beiden Brüdern hin und her, doch noch immer äußerst misstrauisch sie hakte weiter nach „Ich… weis nur noch wie ich gefallen bin… wie... habe ich den Sturz überlebt?"

Fircos drehte sich schließlich zu ihr um und sah sie an. Erst jetzt bemerkte scheinbar sie seine zwei kurzen Hörner in dem silbernen, wuscheligen Haar und seine roten Katzenaugen. Sie fuhr bei der Erkenntnis die sie traf zusammen 'Dämonen. Scheiße.'

Fircos schien ihre Besorgnis zu spüren und lächelte charmant in ihre Richtung, während das Feuer unheimliche Schatten auf ihn warf.

„Keine Sorge, wir beißen nicht. Also ich zumindest, bei meinem Bruder bin ich mir oft nicht so sicher." und grinste dabei verschmitzt „Du bist übrigens weich gelandet." Bei diesen Worten stand er auf und ging vor seinem Bruder in die Hocke. Shuyar richtete sich langsam ächzend auf. Er sah sich leicht irritiert um als er seine Gedanken zu sortieren schien.

"Fircos? Was... zum Teufel ist eigentlich passiert?"

Das Mädchen kam ins Grübeln.
'Ich... bin weich... gelandet? Wa---'
„Oh mein Gott! Es tut mir ja sooo leid!!!" das Mädchen sprang mit einem Mal auf und und entschuldigte sich immerzu, als sie endlich verstand was Fircos angedeutet hatte – sie war auf diesen armen Jungen gefallen! Sie eilte zu dem irritierten Grünhaarigen, ging neben ihm in die Knie und entschuldigte sich abermals. Shuyar sah sie noch immer verwirrt und misstrauisch an, denn erschien nicht Recht zu wissen, wie er über das Ganze denken sollte.

Sie reichte ihm reichte freundlich ihre Hand um sich bekannt zu machen „Ich bin Faith – Sehr erfreut dich kennen zu lernen~" Shuyar schien kurz zu zögern und wollte nach ihrer Hand greifen, als er zusammen zusammenfuhr und sein Gesicht schmerzlich verzog. Er hielt sich seinen rechten Unterarm und schob schließlich seine Armstulpe hinauf um abfällig seine Verletzung zu beäugen.
„Das sieht nicht gut aus..." kommentierte Fircos.
Auf seinem Unterarm war eine relativ große Bisswunde die zwar scheinbar nicht tief besonders tief war, doch sie hatte sich entzündet und bereits begonnen zu eitern.

„Oh – warte, ich erledige das" äußerste sich Faith nur seelenruhig. Shuyar verstand nicht was das Mädchen meinte, doch bevor er irgendetwas machen konnte legte Faith schon ihre beiden Hände auf die Wunde und eine angenehme Wärme durchströmte seinen Körper. Ein sanftes Licht umgab die beiden und lies seine Schmerzen verblassen. Als sie ihre schmalen Hände von seinem Arm fortnahm, staunte der Dämon nicht schlecht. Die Wunde war innerhalb der wenigen Sekunden verheilt und kaum mehr als der Hauch einer Narbe war zurück geblieben.

Die Blicke der beiden Brüder wechselten nur erstaunt zwischen Shuyars Arm und Faith hin und her.
„Wie hast du das gemacht?" durchbrach Shuyar die Stille und starrte Faith düster an.
„Ich weis auch nicht genau... ich konnte das schon immer..." Faith wirkte nachdenklich, Fircos erwiderte nur gefasst „...Heilmagie ist eine ungewöhnliche Gabe für einen Menschen..."

Keiner der Drei sagte ein Wort, alle schienen über diese ungewöhnliche Situation nachzudenken und keiner wusste was er weiter sagen sollte.
„Was machst du eigentlich hier im Wald? Es ist gefährlich für Menschen." fragte Shuyar schließlich während er Faith noch immer eingehend musterte. Sie schien nicht besonders stark zu sein, ihrer Statur nach war sie eher ein ganz normales Mädchen wie man sie in jedem Dorf finden konnte - kaum jemand der sich alleine in einen Wald wagen würde, welcher als verflucht und Brutstätte von Monstern galt.

Faith's fliederfarbene Augen verengten sich düster als sie zu sprechen begann.

„Ich... suche nach der Vergangenheit. Ich suche... nach Engeln."

„Engel?" Fircos klang sehr verwundert „Es gibt keine Engel mehr, sie starben alle im Krieg" Faith sah ihn an und ihr Blick wirkte verletzt.

„Ich... ich weis dass es noch welche gibt – und ich werde sie finden. Doch dazu muss ich erst einmal Informationen sammeln. Deshalb bin ich hier... Ich hörte, dass es hier im Wald eine verborgene Ruine gäbe die verhältnismäßig gut erhalten wäre..."

„Echt? Was für ein Zufall..." trotz seiner Worte schien Shuyar das ganze zu reichlich wenig zu interessieren „Wir waren gerade heute dort... und dort gibt es absolut nichts... außer bissige Köter..."

Faith´s Gesicht entglitt ihr kurzzeitig, denn damit hatte sie nicht gerechnet. Aber konnte sie den beiden überhaupt trauen?

Aber die zwei hatten sie - wenn auch vielleicht unfreiwillig - gerettet und ihr bisher keinen Schaden zugefügt, zudem schienen sie kein Geheimnis daraus machen was sie selbst in diesen Wald geführt hatte.

Sie kannte die ungleichen Brüder nun gerade mal ein paar Minuten aber trotzdem... irgendwie mochte sie die beiden. Es kam ihr so lächerlich vor. Irgendwie hatte sie das Gefühl dass sie den beiden vertrauen konnte, doch genau das machte Faith auch ein wenig Angst.

Fircos legte seinen Kopf leicht schräg, wie er es meistens tat wenn er überlegte.

„Ich wüsste vielleicht wo du Informationen finden könntest. Aber ich bin mir nicht sicher...“

„Wirklich? Wo?“ Faith horchte neugierig auf und sah Fircos mit großen, flehenden Augen an.

„In der Bibliothek… bei uns zu Hause. Du könnest-“

„Das kommt gar nicht in Frage!“ zischte Shuyar seinen Bruder an und unterbrach ihn mitten in seinem Satz.

Faith sah bedrückt in die Richtung des Grünhaarigen. Sie hatte ihn bisher trotz seiner grimmigen Art durchaus sympathisch gefunden, doch er konnte sie anscheinend nicht besonders gut leiden – nun ja, sie hatte ihn indirekt bewusstlos geschlagen, aber das war doch keine Absicht gewesen!
Es stimmte sie etwas traurig, dass Shuyar sie scheinbar überhaupt nicht ausstehen konnte.

„Ich weis ja nicht was mit euch ist, aber ich bin todmüde und hab genug für heute. Ich werde jetzt schlafen.“ und mit diesen Worten legte sich Shuyar wieder hin und rollte sich auf die Seite, scheinbar war für ihn das Gespräch somit beendet. Faith konnte nicht mehr als irritiert in seine Richtung schauen.
Fircos jedoch setzte sich neben sie und flüsterte ihr ins Ohr „Ich denke wir sollten jetzt auch noch etwas schlafen. Und hör nicht auf diese Giftzwiebel, ich regle das morgen schon.“

Fircos begann zu grinsen und stand auf. Er warf noch das restliche Holz ins Feuer damit es noch einige Zeit brennen würde, denn die Sommernächte waren in dieser Region zwar nicht sehr kalt, doch besonders warm waren sie auch nicht. Faith setze sich noch ein wenig ans Feuer und versank in ihren Gedanken während sie in die Flammen starrte. Heute war so vieles passiert, dass sie die Zeit nun nutzte um alles zu verarbeiten.

Aus den Augenwinkeln sah sie noch, wie auch Fircos sich hingelegt hatte. Sie blickte wieder in die Flammen und grübelte weiter. Fircos war sehr nett und aufgeschlossen, was man von seinem Bruder nicht sagen konnte. Shuyar sah für ihren Geschmack zwar besser aus, aber das schien sich leider nicht auf seinen Charakter auszuwirken.
Schon seltsam wie sich das alles so entwickelte sie kannte die beiden kaum und trotzdem würde sie wahrscheinlich die beiden nach Hause begleiten.
Erst jetzt kam es ihr wieder in den Sinn, dass die beiden ja Dämonen waren.
Sicher, es gab auch 'gute' Dämonen so wie ihre Ziehmutter eine gewesen war, doch die Mehrzahl war leider meistens anders gesinnt. Aber… sie hatten sie gerettet oder? Dann konnten sie doch nicht böse sein... oder etwa doch?

Faith dachte noch lange darüber nach, doch sie fand keine Antwort. Ihre Augenlider wurden schwer und so beschloss sie einfach das Schicksal seinen Lauf nehmen zu lassen und nun auch etwas zu schlafen.

Sie ging ein einige Schritte vom Feuer weg und legte sich ein paar Meter von Shuyar entfernt auf den Boden. Sie rollte sich so weit es ihr möglich war zusammen und versuchte zu schlafen.

Nur ein kleines Käuzchen, welches am Rande der Lichtung in einem Baum saß, war Zeuge was diese Nacht geschah. Es war kurz nachdem das Feuer, das diese Fremden gemacht hatten erloschen war.
Das Weibchen mit den langen Haaren begann sich herumzuwälzen. Vielleicht schlief es schlecht oder es fror einfach. Auf jeden Fall tat es das so lange, bis es an diesen kleinen Grünhaarigen stieß. Er schien es nicht zu bemerken, er drehte sich nur einmal murrend um und einer seiner Arme lag nun über dem Mädchen. Diese schien nun wieder etwas ruhiger zu schlafen und kuschelte sich regelrecht an ihre neue Wärmequelle. Etwas entfernt raschelte es im Laub und das Käuzchen drehte seinen Kopf. Ein kleiner Nager suchte anscheinend nach etwas Futter. Es war eine gute Möglichkeit Beute zu machen, so flog der kleine Vogel weg um sich nun seinen eigenen Interessen zu widmen, denn bald würde es dämmern.

Shuyar kitzelten die ersten Sonnenstrahlen an seiner Nase, doch als er sich noch schlaftrunken strecken wollte spürte er einen weichen Widerstand vor sich. Er konnte sich jedoch an nichts erinnern das in seiner Nähe gelegen hatte. Seine Fingerspitzen tasteten etwas herum, doch außer dass es weich und warm war, fand er nichts aufschlussgebendes heraus.

Endlich schaffte er es seine Augen zu öffnen, doch das was er erblickte lies ihn erstarren. Diese Faith lag schlafend direkt neben ihm und sein Arm lag auch noch über ihrer Schulter. Nun ja, zumindest einer davon. Der andere lag an einer eher persönlichen Stelle an ihrem Oberkörper. Das war das weiche und warme dass er gespürt hatte. Er hatte das schlafende Mädchen, das warum auch immer direkt neben ihm lag gerade einfach begrapscht. Er wagte es nicht auch nur noch zu atmen und sein Körper war wie gelähmt.

Faith bewegte sich schließlich. Müde rieb sie sich ihre Augen und blickte verwirrt umher.
Doch als ihr wandernder Blick zu Shuyars Kopf kam wusste sie was dieses warme Etwas war, an dem sie gelegen hatte. Ihr stieg die Röte ins Gesicht, doch sie sah auch dass es Shuyar genauso erging.
Erst jetzt merkte sie dass eine seiner Hände durch ihre Nachtwanderung direkt auf ihren Brüsten lag.
Die Blicke die die beiden ohne ein Wort zu sagen austauschten, waren voller Entsetzen und Scham.
Es lag eine Spannung in der Luft, die man fast sehen konnte. Shuyars Augenbraue zuckte nervös, und sie konnte sehen wie die Panik in dem grünhaarigen Dämon hochstieg. Sie selbst musste schwer schlucken und ihre Gedanken überschlugen sich, wie sie aus dieser Situation nun wieder herauskommen sollte.
Doch dann schien das Fass mit einem Mal überzulaufen.

Fircos wurde unangenehm von zwei kurzen, mehr oder weniger lauten Schreien geweckt. Er sprang erschrocken auf und sah sich hastig um „Was zum... w….was soll denn das?... Was wird das wenn es fertig ist?"

Shuyar und Faith saßen einige Meter auseinander am Boden und drehten sich gegenseitig den Rücken zu. Er konnte ihre Gesichter nicht erkennen und hatte auch keine Idee was vorgefallen sein könnte. Faith stotterte los, doch ihre Stimme klang gekünstelt und etwas nervös „A... ach nichts... da... da war nur... eine Spinne..."

„Eine... große... Spinne..." bestätigte Shuyar nickend. Fircos seufzte tief, denn ihm wurde klar dass er nicht so schnell herausfinden würde was hier eigentlich vorgefallen war.

Der Silberhaarige streckte sich ausgiebig und elegant wie eine Katze, während Shuyar versuchte sein in alle Richtungen wegstehendes Haar zu bändigen. Faith nutzte die Zeit um die Überreste ihres Lederharnisch zu begutachten, was ihr ein tiefes Seufzen entlockte. Am Boden sitzend fluchte sie leise vor sich hin „Oh man, den kann ich ja total vergessen... und ein Neuer ist so teuer... Geld hab ich auch bald keins mehr..."

Sie kramte in ihrer Hüfttasche in einem kleinen braunen Lederbeutel und begann ihre wenigen Münzen zu zählen. Egal wie oft sie auch nachzählte, es wurde leider nicht mehr.

Während Faith in Gedanken ihre Finanzplanung führte, merkte sie nicht das Fircos hinter ihr stand und erst als er seine Hände auf ihre Schultern stützte bemerkte sie den jungen Dämon „Können wir aufbrechen?"

Sie drehte sich leicht erschrocken zu ihm um, doch nickte dann eifrig. Sein Blick fiel auf die Überreste der zerrissenen Lederrüstung „Diese Fetzen willst du doch nicht etwa mitnehmen? Lass den hier, wir haben zu Hause sicher etwas, das dir passen wird. Und unterwegs passen wir erst einmal auf dich auf."

Faith sah ihn etwas misstrauisch an „Ich will ja jetzt nicht unhöflich sein, aber warum bist du so freundlich zu mir? Wir kennen uns doch kaum..."

„Das frage ich mich auch." Diese sarkastische Kommentar stammte zweifelsfrei von Shuyar, welcher sich inzwischen zu ihnen gesellt hatte und mit verschränkten Armen neben ihnen stand. Sein Blick lag eindringlich auf seinem größeren Bruder, während auch er auf die Antwort auf Faiths Frage wartete.

„Hmmmm... einfach so. Ich finde dich eben sympathisch." sein Blick wechselte zu seinem Bruder „Und du könntest einfach mal ein Gentleman sein und einer Dame in Not helfen." dabei sah Fircos Shuyar ziemlich ernst an.

Dieser rümpfte nur die Nase und entgegnete trocken „Ich dachte es reicht für den Anfang, wenn ich Polster spiele. Entschuldige, war mein Fehler." Es lag eine gewisse Anspannung in seinem Blick den Faith nicht deuten konnte „Ich bin immer noch dagegen, dass sie-"

Fircos schnipste seinem Bruder gegen die Stirn „Sie ist mein Gast, und sie kommt mit. Ende der Diskussion."

Shuyar seufzte genervt, denn es hätte wohl keinen Sinn gehabt weiter zu diskutieren.

„Na schön, dann soll sie doch mitkommen. Aber sie ist DEIN Gast." Faith entging es nicht, wie deutlich er betonte dass er nichts mit ihr zu tun haben wollte. Der kleine Grünhaarige wandte sich einfach ab und lief zielstrebig los.

Faith stand recht betreten da und flüsterte „Er... kann mich wohl überhaupt nicht leiden..."

„Ach, mach dir da keine Sorgen. Der kleine Giftzwerg ist nur etwas... schüchtern und unbeholfen... aber eigentlich glaub ich dass er dich schon leiden kann… er kann es nur gut verstecken~" versuchte Fircos sie aufzuheitern.

„Das kann er ja dann wirklich gut." antwortete sie bedrückt, doch dann setzten auch sie und Fircos sich in Bewegung.

Sie sprachen nicht viel während sie dem Pfad durch den Wald folgten. Nun ja, Fircos und sie schon, doch Shuyar hielt sich dezent im Hintergrund. Doch dann schloss der Grünschopf zu ihnen auf und nach einem kurzen Blick zu seinem Bruder setzte der größere etwas ab. Angespannt stellte Faith fest, dass die beiden sich wohl auch ohne Worte verstanden.

„Tut mir leid."

Die Entschuldigung aus dem Nichts überraschte Faith. Sie blickte Shuyar nur verwundert an „Was? Wofür denn?" „Wegen vorhin. Ich weis es klang anders, aber ich... mache mir nur Sorgen wegen unserem Vater. Unser Zuhause ist kein Ort für Menschen."
Faith sah wie er mit sich kämpfte um diese Worte über seine Lippen zu bringen, doch sie freute sich innerlich dass er auf sie zugekommen war.
Sie lächelte ihn freundlich an „Danke... dass du dir Sorgen um mich machst."
Faith musste sich ihr Lachen verkneifen, da Shuyar mit einem mal rosige Wangen bekam und verlegen wegsah „Ach egal, vergiss es..."
Nun verstand sie Fircos. Shuyar war eigentlich wirklich ein netter junger Mann auch wenn er sich schwer tat dies offen zu zeigen. Aber sie vermutete, dass der junge Grünhaarige sicher einen Grund für sein anfangs abweisendes Verhalten und Misstrauen hatte.

Sie liefen nun schon einige Stunden durch den dichten Wald und bahnten sich ihren Weg durch die überwucherten Wege. Sie begegneten zwar keinen Monstern oder gar Drachen, doch trotz allem lag eine Spannung in der Luft, bei der sich Faiths Nackenhaare aufstellten. Da die beiden Brüder jedoch nichts zu bemerken schienen, sagte sie nichts trotz der unangenehmen Atmosphäre die hier herrschte.
Es lag etwas in der Luft, eine dunkle Aura die mit jedem Schritt den sie machte stärker wurde. Erst so schwach dass sie es kaum bemerkte, doch inzwischen jagte ihr eine Gänsehaut über den ganzen Körper.

„Was ist denn los?" fragte Fircos und Faith schrak leicht auf „Äh.. nichts! alles in Ordnung... denke ich..." der zweifelnde Blick des Silberhaarigen lies darauf schließen dass er ahnte dass dem nicht so war, doch scheinbar wollte er nicht weiter nachhaken.

Nach den Stunden des Wanderns erreichten sie endlich den Waldrand und obwohl jede Stimme der Warnung in Faith laut aufschrie, schritt sie weiter und folgte den jungen Männern. Sie erreichten einen Klippenpfad und die Anhöhe auf der der Wald lag brach steil unter ihnen ab.
Dann sah Faith es. In der Ebene vor Ihnen thronte an der Klippe zum Ozean ein Schloss, erbaut aus weißen Stein. Doch trotz dem hellen Äußern war es von einer bösartigen Aura umgeben. Einst stand es wahrscheinlich stark und majestätisch am Rande der flach auslaufenden Ebene, doch nun wirkte es nur noch bedrohlich und furchteinflößend.
Faith konnte ihr Zittern nicht länger unterdrücken und erschauderte.
'Das… ist das Schloss vor dem mich die Dorfbewohner gewarnt hatten. Das Schloss der Dämonen. Das Schloss des weltlichen Vertreters der dunklen Göttin. Von hier aus regiert der König der Dämonen in Yugures Willen über die gesamte Welt.'

„'Home, sweet home' ist wohl kaum zutreffend, was?" diese Frage Shuyars war eindeutig an Faith gerichtet. Ihr Gesicht war käseweiß und ihr Blick war starr auf das Schloss in der weiten Ebene gerichtet. „Wir sollten weitergehen, sonst kommen wir ja nie an..." quengelte Fircos und ging weiter den Weg der von der Klippe ins Tal führte. Shuyar schlenderte hinterher und Faith blieb nah bei ihm, in seiner Nähe fühlte sie sich zumindest ein wenig sicherer, denn innerlich fühlte sie sich wie ein Lamm das zu seiner Schlachtbank geführt wurde.

Erst jetzt kam ihr der Gedanke oder besser gesagt die Frage, dass die beiden Brüder doch nicht etwa in diesem Schloss wohnen sollten? Das würde zumindest Shuyars Aussage erklären, dass ihr Zuhause kein Ort für Menschen sei.
Doch schließlich wandte sie sich an etwas unsicher an Fircos „... Ist... es denn wirklich in Ordnung... dass ich mitkomme?... Ich hörte der Herrscher der Dämonen ist nicht besonders gut auf Menschen zu sprechen..."
Umso mehr überraschte es sie, das Fircos einfach herzhaft loslachte „Pffff~~... mach dir da mal keine Sorgen, wir passen schon auf dich auf! Du solltest dich einfach nur von unserem Vater fernhalten." sein typisches Grinsen zog sich über sein blasses Gesicht.

„V..Vater??!!" Faith war wie vor dem Kopf gestoßen „Hab ich das nicht erwähnt? Naja, dann besser spät als nie: Shuyar und ich sind die Zwillingssöhne des Herrschers über Gaia. Aber so besonders ist es auch wieder nicht, glaub mir."
Doch für Faith brach gerade ihre Welt zusammen.
Als sie von einer Bibliothek gesprochen hatten, lag die Vermutung nahe dass die Beiden aus wohlhabenden Hause kamen. Aber gleich Kronprinzen? Das war zu viel für ein einfaches,

mittelloses Mädchen. Doch es war zu spät um nun umzukehren und so war Faiths einzige Möglichkeit weiter zu gehen und ihren Plan durch zu ziehen.

Faith wirkte als würden ihre bald die Augen aus dem Kopf fallen, mit solch aufgerissenen Augen starrte sie das Schloss an als sie die Tore erreicht hatten.
Ihr Mund war vor Staunen weit geöffnet und sie schien sich gar nicht mehr zu fassen.
Erschrocken drehte sie ihren Kopf als Shuyar ihr Kinn mit einer Hand anhob und ihren Mund schloss
„Wenn du den Mund länger offen hast, kommt noch ein Vogel geflogen und baut ein Nest drin."
Faith schämte sich dass sie sich benahm als hätte sie noch nie ein Schloss aus der Nähe gesehen... wie ein kleines Kind. Sie schüttelte kurz ihren Kopf und schloss dann wieder zu den beiden Jungs auf, welche bereits im Torbogen standen und sich mit einem der Wachmänner unterhielten.
Faith fühlte sich schrecklich unwohl unter den kritischen Blicken der Wachen. Es waren große und eindrucksvolle Dämonen, in starke weiße Rüstungen gehüllt. Ihre Blicke folgten Faith noch lange nachdem sie mit den Brüdern eingetreten war und erst als sie sich ein Stück entfernt hatten lockerten die Wachen ihren festen Griff an ihren Waffen.

Allerlei Leute tummelten sich im Vorhof – Wachen auf Schichtwechsel, Diener die Nutz- und Reittiere versorgten, Händler die Nahrungsmittel und andere Waren anlieferten.

Doch unter all den Voll- und Halbdämonen fühlte sich Faith so beobachtet wie ein seltenes Tier das zur Schau gestellt wurde. Doch die Meisten waren zu beschäftigt um sich länger Gedanken über sie zu machen. Es war durchaus beruhigend dass es keiner für Wert befand, sie noch einen weiteren Blickes zu würdigen.

Die Drei schritten durch einen weiteren Torbogen und erreichten einen der Vorgärten. Gigantische, uralte Eichen die schon seit Jahrhunderten hier wurzelten säumten den gepflegten Pfad zum Eingangstor des Hauptgebäudes. Doch auch durch dieses Stück Natur inmitten der Mauern wurde die Atmosphäre keinen Deut angenehmer – neben ihrer mächtigen Erscheinung fühlte man sich klein und verletzlich. Die hohen Blätterkronen liesen keinen Lichtstrahl hindurch und tauchten die Fläche unter sich in tiefe Schatten.

„Faith kommst du?" erschrocken drehte sie sich herum und stellte fest, dass sie erneut so in Gedanken gewesen war und einfach wieder ins Leere gestarrt hatte. „Äh ja, wartet!" bei diesen Worten schritt sei eilig zu den Zwillingen die ein paar Meter vor ihr standen und warteten. Mit einem Mal zweifelte sie erneut an, ob sie hier das Richtige tat. Auf den Wehrgängen patrouillierten Soldaten und schienen sie zu beobachten.
Sie fühlte dass sie hier trotz der Einladung von Fircos nicht Willkommen war – dies war kein Ort für Menschen, wie Shuyar bereits angedeutet hatte.

Fircos fing an ihr irgendetwas über die Geschichte des Schlosses zu erzählen, aber ihr gingen zu viele Gedanken durch den Kopf um sich im Moment auf seine Erzählungen konzentrieren zu können. Ihr Blick wanderte aufmerksam umher, als suchte sie mögliche Gefahren. Sie erschrak als ihr Blick den kleineren der Zwillinge streifte, denn dieser schien sie schon die ganze Zeit zu beobachten. Sie konnte seinen Blick nicht deuten, doch ihr Unbehagen schien ihm nicht entgangen zu sein.

Als Shuyar merkte dass seine musternden Blicke nicht unbemerkt geblieben waren wandte er schnell seinen Blick ab. Faith schien so angespannt dass er hoffte dass sie nicht vergessen würde zu atmen.
Aber er konnte es ihr auch nicht verübeln – er war das alles hier gewohnt, doch für sie war alles neu.
Er fragte sich erneut was sich sein Bruder dabei gedacht hatte sie hierher einzuladen, denn für Menschen war dieser Ort alles andere als sicher.
Shuyar musste sich jedoch eingestehen dass er Faith inzwischen gut leiden konnte. Sicher, sie hatten einen eher unglücklichen Start gehabt, doch das rothaarige Mädchen hatte ihn einfach in ihren Bann gezogen. Auch wenn sie bisher kaum ein Wort gewechselt hatten, überkam ihn das Gefühl dass er sie schon seit Ewigkeiten kennen würde.

Fircos klappste ihm spielerisch in den Rücken „Lasst uns rein gehen, bevor wir hier auch noch Wurzeln schlagen!" er nickte seinem Bruder zu und deutete Faith an, dass sie unbedingt in ihrer Nähe bleiben sollte – das war dem verunsicherten Mädchen mehr als nur recht.

Ihre Schritte hallten laut in den leeren Hallen und Gängen die sie durchschritten. Ihr Weg führte sie zielstrebig in den Thronsaal. Es war ein heller, lichtdurchfluteter Raum. Weiße Marmorböden ergänzten sich mit den edlen, roten Teppichen und Wandbehängen – die tief stehende Sonne warf ihre Strahlen durch die gigantischen Buntglasfenster und tauchte den Saal in ein buntes, künstlerisches Zwielicht.
Faith drängte sich an die Zwillinge, als sie noch halb geblendet in dem Halbschatten den relativ schlichten Thrones sah und dass jemand darauf saß und sie seit ihrem Eintreten aufmerksam beobachtete.
Es war ein schlanker, großer Mann der Fircos stark ähnelte. Dies musste der Vater der beiden Brüder sein. Der Herrscher der Dämonen und wenn sie sich nicht irrte hatte sie irgendwo einmal gehört dass sein Name Lance war.

Auf den zweiten Blick wirkte er nicht wirklich wie ein großer Herrscher. Er lag mit einem stetigen Lächeln mehr lässig auf seinem Thron, als dass er auf ihm saß. Doch man konnte sofort erkennen, dass er sich seiner Macht vollkommen bewusst war. Er hätte leicht eine ältere Version von Fircos sein können, so sehr ähnelte ihm sein silberhaariger Sohn.
Die silbergrauen Haare des Vaters waren bis auf einige kurze Strähnen etwas länger als bei seinem Sohn und hing ihm lang und fransig in sein

junggebliebenes, leicht schelmisch wirkendes Gesicht.

Als sie näher traten knieten Fircos und Shuyar vor ihm nieder und Faith tat es ihnen gleich. Vorsichtig hob sie ihren Kopf etwas an, um einen weiteren Blick auf diesen Mann erhaschen zu können. Nun konnte sie sein Gesicht viel deutlicher erkennen. Das einzige in dem Shuyar seinem Vater ähnelte waren wohl die roten, katzenähnlichen Augen. Doch diese waren etwas schmaler und wirkten amüsiert zusammengekniffen während sie Faith kritisch musterten. Schnell blickte Faith wieder zu Boden denn das letzte was sie wollte, war diesen überaus gefährlich wirkenden Mann zu erzürnen.

„Ihr seid spät." seine tiefe Stimme hallte in dem Saal nach und wirkte dadurch noch bedrohlicher.
Fircos richtete seinen Blick weiterhin auf den Boden „Entschuldige Vater. Uns ist... etwas Unerwartetes dazwischen gekommen."
Ein amüsiertes Grinsen huschte über die Lippen des Herrschers. „Und kniet das 'Etwas' gerade dort neben dir?" Sein Blick fixierte Faith noch immer und man konnte sehen dass Faith versuchte sich noch kleiner zu machen um diesen eindringlichen Blicken zu entkommen. Fircos und Shuyar erhoben sich wieder und Shuyar nickte Faith zu es ihnen gleich zu tun. Shuyar konnte die Angst in ihren Augen sehen, ebenso wie die Schweißperlen die auf ihrer Stirn standen. Doch auch wenn er gerne etwas

unternommen hätte - im Moment konnte er nichts tun um ihr beizustehen. Die Stimme seines Bruders hallte ebenso in dem leeren Saal wie die ihres Vaters. „Faith ist MEIN Gast Vater. Ich lasse es nicht zu dass ihr etwas geschieht." Obwohl Fircos keine Miene verzog konnte man an seinem Tonfall deutlich hören dass er nichts anderes akzeptieren würde.

Shuyar war immer wieder von Willensstärke seines Bruders beeindruckt und von seinem Mut sich sogar mit ihrem Vater zu messen.

„Schade. Ich hatte schon fast geglaubt, dass ihr mir ein Spielzeug mitgebracht habt. Dann eben nicht." schwungvoll sprang er schon fast vom Thron auf und schritt unmittelbar vor die Jugendlichen. Leicht gehässig grinste er in die Runde und wandte sich schließlich an den größeren seiner Söhne „Dann pass mir gut auf 'deinen' Gast auf - wir wollen ja nicht dass 'deinem' Gast etwas passiert." Es war wirklich auffällig wie abfällig er es jedes Mal betonte dass Faith Fircos' Gast war. Er sah kurz in die Richtung seines jüngeren Sohnes und seufzte kurz enttäuscht, doch dann er lies die drei einfach stehen und schlenderte grinsend aus dem Saal hinaus.

Shuyar biss die Zähne zusammen. Er hatte es schon wieder getan. Er hasste seinen Vater. Immer wieder streifte er ihn nur mit seinen verachtenden Blicken. Nun ja sie waren vielleicht nicht immer verachtend, aber es sah es in seinen Augen. Sein Vater belächelte seine Schwäche, seine Erscheinung. Er nahm ihn gar nicht als Dämonen wahr und erst recht nicht als seinen Sohn. Für ihn war er ein Schandfleck den er notgedrungen erdulden musste. Bei diesen Gedanken schnürte sich in ihm alles zu und sein Herz krampfte sich schmerzhaft zusammen 'Ich… ich will doch nur-' doch seine Gedanken wurden jäh unterbrochen.

Er spürte die sanfte Berührung einer Hand an seiner Schulter und sah dass Faith sah ihn besorgt ansah. „Alles in Ordnung?" ihre Stimme klang so sanft und mitfühlend dass es Shuyar zum ersten Mal beruhigte, dass sie in diesem Moment hier bei ihm war. Shuyar nickte auf ihre Frage hin, aber es dauerte einen kurzen Augenblick bis er sich wieder gesammelt hatte „Ja… alles in Ordnung… aber du solltest dir mehr Sorgen um dich machen." Er blickte sie besorgt an, denn er machte sich große Sorgen um sie. Er hoffte zwar dass sein Vater ihr nichts antun würde, doch man konnte sich bei ihm nie sicher sein. Seine Laune drehte sich wie eine Fahne im Wind.
Shuyar war von sich selbst überrascht, denn er hätte nie erwartet dass ihm jemand Fremdes in der kurzen Zeit so wichtig werden konnte. Er fragte sich ob er mit ihr vielleicht sogar über seine Probleme würde reden können. Ob sie ihn verstehen würde?

Faith wurde es fast etwas unangenehm als Shuyar sie so treuherzig ansah. Er sorgte sich um sie, doch langsam wurde ihr die Stille unangenehm und blickte sich verlegen um.
„Äh und jetzt?" Shuyar sah sie etwas verwirrt an, er war anscheinend mit den Gedanken an einem ganz

anderen Ort gewesen, von daher entglitt ihm nur ein unbeholfenes „Hä?"

„Naja, was machen wir jetzt?" fragte Faith während sie etwas hin und her wippte. „Wo ist denn Fircos?" Erst jetzt hatte Shuyar bemerkt dass er alleine mit Faith im Saal stand, er hatte gar nicht gemerkt dass sein Bruder gegangen war.

„Ähm, er ist glaube ich… eurem… Vater nachgelaufen…" Sie blickte etwas nachdenklich in die Gegend als Shuyar nach kurzem Überlegen nur trocken antwortete „Naja… dann werd' ich dich mal zu deinem Zimmer bringen."

„Was? Mein Zimmer? Aber ich wollte doch gar nicht so lange…" Shuyars blickte sie daraufhin ernst an „In ein paar Stunden geht die Sonne schon wieder unter. Heute kannst du nicht mehr viel machen. Es war ein anstrengender Tag, verschieb das mit der Bibliothek lieber auf morgen. Nicht zu erwähnen dass es hier vor blutrünstigen Dämonen und Kreaturen nur so wimmelt, denen solltest du dich lieber mit vollen Kräften stellen."

Jetzt als Shuyar es erwähnt hatte, merkte Faith erst wie erschöpft sie von dem heutigen Tag war. Nun, nachdem die Anspannung nachgelassen hatte kam zum Austausch die Müdigkeit hervor. „Ja du hast wohl recht. Danke. Ich würde mich freuen wenn du mich zu meinem Zimmer bringst."

„Du kannst natürlich auch im Stall bei den Tieren schlafen wenn dir das lieber ist!"

Shuyar grinste sie frech an. „Ouhhh DU! Nein danke ich bevorzuge dann doch ein Zimmer!" entgegnete sie ihm schnippisch und schmollte leicht und der grünhaarige Dämon machte leicht sarkastisch ihre schmollende Schnute nach. Als sie dann einander so ansahen, konnten sie gar nicht anders als herzhaft lachen.

Shuyar lächelte sogar als er ihm sogar noch eine viel bessere Idee einfiel „Wie wäre es aber zuvor mit Abendessen? Ich bin mir sicher dass wir etwas finden dass dir schmeckt."
Faiths Augen wurden wieder groß. Allein der Gedanke an Essen lies ihr das Wasser im Mund zusammenlaufen. „Essen. Das klingt verdammt gut!" willigte sie begeistert ein.

Die beiden neckten sich noch etwas, während sie sich über verschiedene Dinge unterhielten und sich in Richtung der Schlossküche aufmachten. Sie waren so in ihre Unterhaltung vertieft dass sie nicht einmal die beobachtenden Blicke von Lance, dem Schlossherrn bemerkten.
Der Vater der Brüder stand im Halbschatten der Säulen die den langen Gang zierten und blickte den beiden nach, bis sie abbogen und aus seinem Sichtfeld verschwanden.
Sein Lächeln verzog sich zu einem bösartigen Grinsen „Das wird noch interessant..." dann drehte er um und verschwand im Schatten des Korridors.

3. Kapitel
'Wölfe im Schafspelz'

„Hey, Aufstehen." Faith kitzelten die ersten Strahlen der Morgensonne im Gesicht, doch da ihr federweiches Bett so schön warm war drehte sie sich nur herum und kuschelte sich noch tiefer in ihre Bettdecke. Es war das erste Mal nach gefühlten Jahrhunderten, dass sie in einem so weichen Bett gelegen hatte.

Umso schockierender war die Kälte, als ihr die Decke mit einem kräftigen Ruck entrissen wurde. Mürrisch über den Verlust ihrer Bettdecke richtete sie sich langsam auf und rieb sich müde ihre Augen.

„Mhhh... was ist denn los?" ihre Frage kam noch im Halbschlaf über ihre Lippen, noch immer noch gähnte sie und dehnte ihre müden Muskeln.

„Ich soll dich wecken. Fircos will mit uns was unternehmen."

Erst jetzt sah sie wer neben ihrem Bett stand. Es war Shuyar der ihre Bettdecke in der Hand hielt. Er blickte selbst noch etwas verschlafen unter seinem wilden Pony hervor, es schien als wäre er erst vor kurzem selbst so liebevoll geweckt worden.

„Wenn du fertig bist, ich warte draußen. Ich habe dir frische Kleidung bringen lassen." Mit diesen Worten verließ Shuyar wieder das Zimmer. Faith Blick wanderte auf die kleine Holzkommode ihres Zimmers auf der ihr verschiedene Kleidungsstücke gelegt worden waren. Sie schlüpfte aus dem Bett und begutachtete neugierig was man für sie ausgewählt hatte.

Shuyar stand an einem Fenster des Ganges der den Gästeflügel mit den anderen Teilen des Schlosses verband. In der Luft lag ein frischer morgendlicher Duft - es roch nach Gräsern und Pflanzen die im Schlosspark wuchsen.
Es dauerte nur kurze Zeit bis sich die Tür von Faiths Zimmer knarrend öffnete und sie etwas schüchtern heraus tapste. Ihr langes Haar hatte sie sich wieder zu einem dicken Zopf gefochten und sie trug ein helles, mittellanges Trägerkleid mit einem kurzen schwarzen Bolero-Jäckchen da die Temperatur jetzt am Morgen noch etwas frischer war. Etwas unsicher sah sie in seine Richtung, doch dann huschte ein Lächeln auf ihre Lippen „Ich bin fertig. Wo wollen wir denn hin?"
Kurz verschlug es ihm die Sprache, denn Faith sah wirklich liebreizend in ihrer Garderobe aus. Er verdrängte jedoch schnell diesen Gedanken und räusperte sich kurz bevor er zu sprechen begann.

„Ich weis nicht genau aber ich glaube Sakura scheint heute zu kommen. Zumindest redet er die ganze Zeit davon. Er will dich ihr sicher vorstellen."
Da Faith diesen Namen das erste Mal hörte hakte sie neugierig nach „Sakura? Wer ist das denn?"
Der Grünhaarige grinste verschmitzt „Sakura? Das ist die Verlobte meines Bruders."
Faith hatte das Gefühl dass ihr in letzter Zeit so oft die Gesichtszüge entglitten waren, wie in ihrem

bisherigen Leben noch nicht.

„Er ist schon verlobt? Das hätte ich jetzt wirklich nicht erwartet...“ Die Rothaarige schaute etwas betreten, doch Shuyar konnte ihr keine Vorwürfe machen, denn sein Bruder benahm sich auch nicht so als wäre er schon in festen Händen.
„Wieso? Bist du jetzt etwa enttäuscht?“ fragte er und Faith blickte ihn erschrocken an „Was? Nein, nein! So habe ich das doch gar nicht gemeint...“ und blickte verlegen zu Boden. Plötzlich sah Faith ruckartig zu ihm herum „Hast du auch schon zufällig eine Verlobte oder Versprochene? Ich möchte euch ja keine Missverständnisse bereiten!“

Shuyars Grinsen verwandelte sich in eine ausdruckslose Miene, von der man nicht deuten konnte was in ihm vorging. Faith hätte sich am liebsten selbst für ihr loses Mundwerk geohrfeigt. Sie hatte ihm mit ihrer unbedachten Frage doch nicht zu nahe treten wollen. „Nein.“ Er blickte mit einem makaberen Grinsen aus dem Fenster.
„Wer will mich denn schon? Einen zahmen Handtaschendämon der weder eindrucksvoll aussieht, noch irgendwelche besonderen Fähigkeiten hat. Ich bin eine Schande für unseren Vater.“ Verbittert wanderte sein Blick zum Boden.
Faith wollte am liebsten dass der Boden sich unter ihr auftat und sie verschlucken würde. Es war eine wirklich unangenehme Situation und alles nur weil sie so taktlos gefragt hatte.

Doch Shuyar schüttelte seinen Kopf und versuchte Faith etwas anzugrinsen. „Wie dem auch sei, wir sollten gehen. Die beiden warten sicher schon auf uns." Ohne ein weiteres Wort machten sie sich schweigend in Richtung des Haupttores auf, wo sie ein eher ungewöhnlicher Anblick erwartete.

„Geht es ihm... gut?" Shuyar schüttelte den Kopf über Faiths Frage „Ich denke schon... er dreht immer so ab wenn Sakura da ist..." Shuyar schien sich für seinen Bruder zu schämen, welcher wie verrückt in der Gegend herumsprang und sich wie ein kleines Kind freute.
Als sie ihn erreichten umarmte er Faith und wirbelte sie zu ihrem Erschrecken kurz durch die Luft.
„Guten Morgen Faith! Ist heute nicht ein besonders schöner Tag? Ich könnte die ganze Welt umarmen!"
Als er sie wieder abgesetzt hatte und Faith nur erschrocken in Shuyars Richtung sah, deutete dieser mit einer Geste an dass sein Bruder vollkommen verrückt war.
Sie konnte Fircos nur irritiert zusehen, wie dieser wie ein junges Reh umhersprang und über alles mögliche philosophierte.
Verrückt war nicht annähernd das passende Wort für das sonderbare Verhalten des jungen Dämonenprinzen..

„Äh.... Shuyar hat gesagt dass deine Verlobte heute kommt?" fragte Faith mit Sicherheitsabstand, doch Fircos sprang ihr direkt vor die Füße und begann zu schwärmen „Ja! Sie ist ein Phönix, voller Feuer und

Anmut! Kein Mädchen könnte ich mehr lieben als sie!"

Faith war mehr als verstört, diese Seite von Fircos, der sonst so gefasst und reif wirkte… irritierte sie durchaus.

„Sie ist wie ein tosender Sturm der über mein Herz hereinbricht und mich --- "

Den restlichen Gleichnissen konnte Faith nicht mehr folgen. Es war nicht länger ersichtlich ob Fircos über ein Mädchen, einen Gewittersturm, eine ansteckende Krankheit oder eine exotische Speise sprach.

Shuyar hielt nur beschämt seine Hand vor seinen Kopf und schien zu überlegen wie er Faith überzeugen konnte, dass er vielleicht doch nicht mit diesem überdrehten Spinner verwand war.

Sie warteten am Eingangstor des Schlosses, als eine Gruppe Reiter eintraf. Es waren ein älterer Mann, ein junges Mädchen und ein Dunkelelf, der Rest schien Geleitschutz zu sein. Nachdem der Elf dem Mädchen von dem Pferd geholfen hatte, verabschiedete sie sich von der Gruppe und rannte in Richtung der drei Wartenden los.

„Sakura!" das Mädchen mit dem feuerroten Haar sprang Fircos in die Arme und er wirbelte sie herum, als wäre sie federleicht.

„Oh ich freue mich so euch wieder zu sehen! Wie geht es euch?" wandte sich das Mädchen mit einem strahlenden Lächeln nun auch an Shuyar.

„Gut, ich hoffe bei dir ist auch alles in Ordnung?"

antwortete der Grünschopf lächelnd, als sein Bruder seine Verlobte endlich wieder absetzte. Ihr Blick traf Faith und neugierig sprach sie diese gleich an
„Oh! Wer bist du denn? Ich bin Sakura. Sehr erfreut dich kennen zu lernen!" sie streckte ihr sogleich freundlich ihre Hand zur Begrüßung entgegen.
Faith war von ihrer offenherzigen und fröhlichen Art überrascht. Sakura schien in etwa ihr Alter zu haben. Die junge Frau trug ein eng geschnürtes blaues Kleid, das ihre Reize nicht verbarg – es zeigte fast schon mehr als das es verdeckte. Faith war beeindruckt von dem Mädchens mit den goldgelben Augen, das vor Selbstbewusstsein zu strotzen schien.

Faith nahm Sakuras Hand und schüttelte sie höflich „Gleichfalls. Ich bin Faith. Ich… bin hier nur kurz auf Besuch… glaube ich…"
Fircos hakte sich in die Unterhaltung der Damen ein „Wir sind Faith zufällig begegnet und sie wollte sich unsere Bibliothek anschauen, daher haben wir sie hierher eingeladen." Sakura lachte, denn an Shuyars Blick konnte sie dessen Gedanken klar ablesen:
'Es war seine Idee sie einzuladen, ich hab damit nichts zu tun.'

„Hmmm… und was machen wir jetzt? Mein Vater meinte dass er einiges mit eurem Vater zu besprechen hat und wohl heute Abend erst sehr spät wieder aufbrechen wird…" wandte sich Sakura an ihren Freund. „Ich dachte dass wir vielleicht zum See könnten. Es scheint heute ja richtig heiß zu werden."

Sakura klatschte begeistert in die Hände „Oh, das klingt wunderbar! Los lasst uns gehen!"
Doch sie schnappte sich nun Faiths Arm und hakte sich ein „Dann können wir ja ein bisschen reden!"
Faith war etwas überrascht, doch Sakuras offene Art war einfach ansteckend und so nickte sie nur lächelnd während sie auch schon von dem Energiebündel mitgezogen wurde.

„Wie war das mit ein bisschen reden?" Shuyars Kopf dröhnte, als sie den Waldweg zum See entlang schlenderten. „Die schnattern die ganze Zeit ohne Pause!" „Ich freue mich dass sich die Beiden so gut verstehen~" kommentierte Fircos nur sichtbar amüsiert während er die Mädchen beobachtete.
Faith schien erst überrascht dass Sakura eine Halbvampirin war, denn es gab über diese Dämonenart ja genug Gerüchte und gruselige Schauergeschichten. Umso erleichterter schien sie dass kaum etwas davon wahr war.
Sakura vermied es meistens nur allzu lange in der direkten Sonne zu sein, da sie leichter als andere einen Sonnenbrand bekam. Sie saugte auch nicht jedem das Blut aus dem Körper. Es war lediglich so dass ihr Körper nicht genug eigenes Blut produzierte und sie und andere ihrer Rasse daher diese fehlende Menge direkt über fremdes Blut aufnehmen mussten. Es musste auch nicht von Jungfrauen sein, im Prinzip konnte ihr Körper jegliches Blut verarbeiten, egal welchen Ursprungs.

Im Grunde war sie fast ein normales Mädchen wie Faith, nur dass sie ab und zu Blut trinken musste. Ein Umstand, mit dem Faith scheinbar gut leben konnte.

Die vier hatten sich etwas aufgeteilt. Die Mädchen schlenderten ein paar Meter voraus und redeten die ganze Zeit während die Jungs vielmehr hinter ihnen her trotteten.

Shuyar stöhnte auf, da er diese Nacht wieder schlecht geschlafen hatte. Er war erneut von Albträumen heimgesucht worden, ähnlich der Visionen die er in der Ruine im Wald erlebt hatte.

„Du… ich glaub ich hatte wieder so einen seltsamen Traum…" Fircos horchte auf „…wie vor ein paar Tagen im Wald…"

Die beiden Brüder blieben stehen und keiner der Beiden wusste so recht was er sagen sollte.

Shuyar fuhr schließlich fort „…und dann hab' ich immer diese mörderischen Kopfschmerzen und seltsamen Träume und Visionen. Aber ich kann mich nie richtig erinnern sobald es vorbei ist…"

Fircos fehlten die Worte. Sonst konnte er seinen Bruder immer aufmuntern und auf andere Gedanken bringen, aber jetzt machte machte er sich einfach nur Sorgen um seinen Zwilling. „Bruder? Ich hab Angst…" Shuyars Stimme klang schwach und verletzlich.

Fircos sah ihn an und es tat ihm schrecklich weh seinen Zwillingsbruder so zu sehen.

Schreie zerrissen die Stille, gefolgt von einem tiefen Brüllen unter dem der Waldboden regelrecht bebte.

„Die Mädchen!" entfuhr es Fircos und beide hasteten so schnell sie konnten den Weg entlang.

„Was zum-?! Ein Drache? Was sucht der hier?!" Fircos Stimme war mehr als entsetzt, als er das riesige Biest sah welches der Ursprung des Gebrülls war. Die beiden jungen Männer staunten nicht schlecht als ein riesiger Drache unmittelbar vor den beiden Mädchen stand und sie bedrohte. Die beiden Rothaarigen schienen vor Angst wie versteinert und unfähig sich zu bewegen. Das Untier hob bereits schon aggressiv seine mächtige Pranke um die beiden Mädchen zu zerschmettern. Shuyar und Fircos sprangen los und schafften es gerade noch die starren Mädchen aus der Bahn zu stoßen. Die Mädchen stöhnten schmerzhaft auf als sie von den jungen Dämonen zu Boden geschleudert wurden.

„SEID IHR WAHNSINNIG?!?! IHR KÖNNT DOCH NICHT EINFACH STEHENBLEIBEN!!!" fuhr Shuyar sie scharf an. Doch es war weder die richtige Zeit noch der richtige Ort für Belehrungen. Fircos wollte gerade sein Schwert ziehen als Shuyar vor ihn trat „Lass mich das machen. Ich muss eh mal ein bisschen Dampf ablassen!" der Drache brüllte zornig auf und wollte sich auf den Grünhaarigen stürzen, doch Shuyar wich dem Prankenhieb elegant wie eine Raubkatze aus. Er zog sein Schwert und ein unheimliches Grinsen zierte urplötzlich sein zartes Gesicht.

Blut spritzte als sich Shuyars Klinge in den mächtigen Drachenlaib bohrte, welcher schmerzerfüllt aufbrüllte. Als der Drache nach ihm schlug wich der junge Kämpfer geschickt aus, nur um den Angriff zu kontern. Alles lief wie ihn Zeitlupe an Faith vorbei.

Sie konnte es gar nicht fassen wie Shuyar, der so lieb zu ihr sein konnte diesen Drachen regelrecht im Blutrausch abschlachtete.

Jetzt erinnerte Shuyar sie viel mehr an seinen Vater, auch durch das bösartige Lächeln welches sich über sein Gesicht zog.

Ihre Erkenntnis traf sie wie ein harter Schlag ins Gesicht. Shuyar war trotz allem ein Dämon, den man nicht unterschätzen durfte.

Sakura riss sie aus ihren Gedanken, als sie Faith auf die Beine zerrte und ihr irgendetwas zuschrie, doch sie hörte der Vampirin gar nicht zu.

Zu sehr war ihre Aufmerksamkeit dem Kampf einige Meter vor ihr gerichtet, der nun ein jähes Ende fand. Der Drache fiel leblos zu Boden, in einem See seinen eigenen Blutes. Shuyar stand mit dem Rücken zu dem toten Ungetüm und blickte geistesabwesend ins Nichts. Der junge Grünhaarige wirkte vielmehr wie ein Geist als ein lebendes Wesen - blutverschmiert und einem apathischen Blick starrte er vor sich hin.

Er wirkte einfach so unwirklich. Faith konnte nicht verstehen dass der gleiche junge Mann so unglaublich grausam, aber auch so freundlich sein konnte.

Ein kalter Schauer jagte ihr Gänsehaut über den ganzen Körper, als sie merkte das Shuyars rote Augen sie mit einem Mal anstarrten. Die Pupillen seiner

katzenhaften Augen waren zu schmalen Schlitzen verengt und doch lag sein Blick nur auf ihr.
Sie fühlte wie die Panik in ihrem Körper hochstieg als er auf sie zuging und schließlich vor ihr stehen blieb.

„Hey... geht es dir gut?" Shuyar streckte seine Hand nach ihr aus und wollte Faith beruhigen welche anscheinend immer noch unter Schock stand. Doch als er fast ihre Wange berührte, zuckte das Mädchen mit dem weinroten Haar ängstlich zurück und Shuyar lies von ihr ab.
'Sie hat Angst – vor mir...'
Geplagt von Schuldgefühlen wandte er sich von dem zitternden Mädchen ab und überlies es lieber Fircos und Sakura sich um das Häufchen Elend zu kümmern, welches er verursacht hatte. Von seinen eigenen Gefühlen verwirrt lief er wie in Trance weiter in den Wald hinein.

Faith schien sich allmählich auch wieder beruhigt zu haben nachdem Sakura und Fircos auf sie beruhigend eingeredet hatten. Sie war so dumm. Shuyar hatte ihr gerade das Leben gerettet. Und was hatte sie getan? Sie hatte Angst vor ihm gehabt und ihn zurückgewiesen. Sie hätte sich am liebsten selbst geohrfeigt. „Bitte nimm es ihm nicht übel. Manchmal... geht es einfach mit ihm durch wenn er kämpft. Er wollte dir keine Angst machen." sprach Fircos ruhig zu ihr, während Sakura ihr beruhigend über den Rücken strich.
Tränen stiegen nun in Faiths fliederfarbene Augen „Ich weis... ich... bin so dumm..."

Mit einem Mal sprang das Mädchen mit dem weinroten Haar auf und rannte in die Richtung los, in der Shuyar verschwunden war.

Sakura wollte hinterher, doch Fircos hielt sie an ihrem Arm zurück und schüttelte den Kopf.

„Lass den beiden einen Moment. Das wird schon wieder..." Sakura seufzte, doch sie musste sich eingestehen dass ihr Verlobter wohl Recht hatte, immerhin kannte niemand Shuyar besser als er.

Als Faith außer Atem den See erreichte, saß Shuyar zusammengekauert an dessen Ufer und starrte aufs Wasser. Er umklammerte seine Beine und schien tief in Gedanken.

„Darf ich mich zu dir setzen?" er schrak hoch, als er Faiths Stimme hörte. Erst blickte er sie verwirrt an, doch dann starrte er wieder auf die leicht glitzernde Wasseroberfläche und nickte wortlos.

Faith setzte sich neben ihm in das hohe Gras und zupfte nervös an dem Saum ihres Kleid herum während sie nach den richtigen Worten suchte.

„Danke. Danke dass du mich gerettet hast."

Shuyar blickte auf und sah vorsichtig in die Richtung des Mädchens, dass neben ihm saß.

„Ich... wollte nicht, dass du dich vor mir fürchtest. Manchmal wenn ich kämpfe... passiert es einfach..." er glaubte das Faith ihn ablehnen würde, doch das Mädchen lächelte ihn sanft an.

„Das weis ich. Du bist sehr nett und sensibel nicht wahr? Es tut mir leid wenn mein dummes Verhalten dich verletzt hat. Ich hoffe wir können trotzdem noch

Freunde sein?" Shuyar sah das rothaarige Mädchen mit großen Augen an. Er fühlte sich, als könnte sie direkt in sein Herz sehen.

„Ich fürchte ich bin nicht gut in Freundschaften. Oder allgemein mit Anderen. Irgendwann... mache ich immer alles kaputt." er blickte deprimiert auf die Wellen die sanft auf der Wasseroberfläche tanzten. Doch Faith begann ihm energisch zu widersprechen „Sag doch nicht so etwas! Ich finde dich ganz wunderbar... das... das wollte ich dir nur sagen." Faiths Wangen wurden knallrot und sie sprang regelrecht auf und rannte zu Fircos und Sakura, welche nun auch den See erreicht hatten. Shuyar blickte ihr nach und ein verschmitztes Lächeln schlich sich in sein Gesicht.

„Wie schnell sich die Dinge ändern können... ich danke dir Faith... du... du bist wirklich ein Geschenk des Himmels..." es war kaum mehr als ein Flüstern, welches vom Wind fortgetragen wurde. Der grünhaarige Dämon stand auf und klopfte sich den Staub von der Kleidung bevor er etwas zögerlich zu seinen Freunden ging.

Die Sonne stand bereits tief am Himmel, als die vier zum Schloss zurückkehrten. Sakuras Vater würde bald zurückkehren wollen, da sie zu Pferd noch einige Stunden bis nach Cathral, ihrer Heimatstadt ritten. Verständlicherweise wollte die junge Vampirin gerne noch einige Zeit allein mit Fircos verbringen. So standen Shuyar und Faith schließlich alleine auf den Wehrgängen und blickten auf den endlos

scheinenden Ozean der sich vor ihnen erstreckte.
Shuyar war in diesem Moment jedoch vollkommen ratlos, über was er mit dem schönen Mädchen neben sich reden sollte.

Faith blickte vorsichtig nach unten über die Brüstung und erschauderte kurz vor der Höhe – das Wasser war weit entfernt und der kleine Sandstrand unter ihnen wirkte aus dieser Perspektive winzig. Doch sie liebte es den Wellen zuzusehen und ihrem Rauschen zu lauschen.
Der Wind spielte durch ihr weinfarbenes Haar und ihr langer Zopf flog im Wind.
„Willst du ans Wasser oder... hast du heute genug davon?" Shuyars Frage überraschte sie doch sie lächelte vor Freude „Ja, liebend gern! Aber… kommt man denn hier irgendwie runter?"
Shuyar zuckte mit den Schultern „Wir könnten natürlich einfach hinunter springen... aber das ist nicht zu empfehlen sofern man wie wir beide nicht fliegen kann. Aber ich kenne auch ein paar Stufen die uns hinunter an den Strand bringen."
Faith lugte erneut in die Tiefe vor ihr und schüttelte wild den Kopf „Nein, du solltest doch am Besten wissen, das ich keine besonders guten Flugeigenschaften habe.
Nehmen wir lieber die Stufen!"

Shuyar schmunzelte als er an ihre erste Begegnung dachte – Faith hatte sicher erst einmal genug davon aus solchen Höhen in die Tiefe zu stürzen. Er deutete ihr an ihm zu folgen und führte sie durch einige verwinkelte Seitengänge zu den steilen Stufen, die zu dem kleinen verborgenen Strandabschnitt führten.

Faith zog ihre Schuhe aus und schien das Gefühl des feinen Sandes unter ihren Füßen zu genießen.

Sie wirbelte herum und wirkte als könnte ihr nun nichts mehr die Stimmung verderben.

Shuyars Herz machte einen Satz als sie sich zu ihm herumdrehte und strahlend anlachte.

„Nun komm doch! Es ist hier atemberaubend schön! Das Wasser ist sogar warm!" sie tänzelte vorsichtig durch die einlaufenden Wellen und genoss sichtbar die letzten Sonnenstrahlen auf ihrer Haut.

Verlegen stellte Shuyar fest, dass er die ganze Zeit wie angewachsen da stand und Faith beobachtete. Nur ein einziger Gedanke ging ihm durch den Kopf. 'Nein Faith… du bist atemberaubend schön…"

Trotz der einen oder anderen Narbe war sie für ihn in diesem Moment das schönste Wesen auf der Welt.

Er konnte sich nicht sattsehen an der puren Lebensfreude und der Liebe die sie ausstrahlte.

Wenn es noch Engel gäbe, glaubte er dass sie wohl so wie die junge Frau vor ihm sein mussten.

Faith kam auf ihn zu, packte seine Hand und riss ihn einfach aus seinen Gedanken lachend mit sich „Komm! Steh doch nicht nur einfach da!"

Doch schon verfing sich Shuyars Stiefel in einem Stück angeschwemmten Treibguts und er fiel schreiend nach vorne. Da lag er nun in der Brandung. Die Hände in den nassen Sand gestemmt während Faith unter ihm lag und ihn mit ihren großen, fliederfarbenen Augen einfach nur ansah.

Obwohl das Meerwasser die beiden immer wieder umspülte, versuchte keiner der beiden aufzustehen. Sie sahen sich nur tief in die Augen, bis Faith mit ihrer Hand über Shuyars Wange strich. Er beugte sich hinunter zu ihr und sie schlossen ihre Augen.

Er konnte ihren heißen Atem spüren als er seine Lippen so nah an ihren bewegte. Er wünschte dass dieser Moment nie enden würde.

„Ahhhhja… und warum nochmal seid ihr beide völlig durchnässt?" Fircos konnte sein Lachen nicht verbergen und gluckste in sich hinein. Sein Bruder und Faith standen völlig durchnässt wie begossene Pudel vor ihm, das eine oder andere Stück Seetang hing in ihren völlig verstrubbelten Haaren.

„Wie oft soll ich es noch sagen du Spatzenhirn! Da war dieses verdammte Seemonster was uns angriffen hat und uns fressen wollte!"

„Ja genau, weil du so gut schmeckst Brüderchen~ Du bist ein richtiger kleiner Leckerbissen~~"

Fircos quietschte auf als sein kleinerer, nasser Bruder auf ihn losging und sie nun wie kleine Kinder miteinander rangelten.

Faith beobachtete seufzend das Treiben der beiden und versuchte dabei sich das Salzwasser aus den Haaren und Kleidung zu wringen. Auch wenn Fircos es nicht glauben wollte - das war es, was tatsächlich passiert war.

Gerade in dem Moment, als Shuyar sie fast geküsst hätte stand dieses große Monster hinter ihnen.

Shuyar versuchte völlig überrumpelt es zu vertreiben und Faith bewaffnete sich notgedrungen mit einem Stück Treibholz. Es hätte sie nicht überrascht wenn bei dem Anblick den sie geboten hatten, ihr Angreifer eher vor Lachen gestorben wäre.

Nach einigen Hieben und Tritten flüchtete sich das Tier jedoch wieder ohne Beute zurück in die Fluten und die beiden konnten erleichtert durchatmen. Doch Shuyar wich ihrem Blick verlegen zur Seite aus — dieser romantische Moment war zerstört worden und Faith konnte nur hoffen, dass es je einen zweiten geben würde.

„Ähem..." Die Jungs beruhigten sich endlich, nachdem Faith räuspernd um Aufmerksamkeit bat.
„Waaff--?" Fircos tat sich nicht leicht mit dem Reden, denn sein Bruder hielt noch immer seine Backe nach oben gezogen und machte keine Anstalten ihn los zu lassen. „Ich würde gerne... baden... oder so etwas in der Art. Könnt ihr mir zeigen wo ich hin muss?"
Shuyar löste sich endlich von seinem Bruder und lies ihn einfach am Boden liegen „Ich zeige dir ein Bad und lasse dir trockene Kleidung bringen."
Schmunzelnd fügte er nur hinzu „Aber Baden klingt nach einer verdammt guten Idee."
„Ihr könnt doch zusammen baden, dann spart ihr gleich noch heißes Wasser~" kommentierte Fircos lebensmüde, denn es folgte gleich ein Schlag seines Bruders der sich tobend auf ihn stürzte.

Die Rangelei ging in eine weitere Runde, doch dieses Mal war Shuyars Kopf nicht nur von der Anstrengung rot. Faith lachte über Fircos aussage nur etwas geniert und hielt sich mit ihren Bemerkungen lieber zurück.

Nachdem Shuyar mit seinem Bruder fertig war ging er auf Faith zu und deutete ihr an ihm zu folgen „Komm mit, ich zeige dir wo du baden kannst bevor der Trottel noch auf andere Ideen kommt..."

Fircos blickte den beiden noch immer am Boden liegend hinterher und trotz seines schmerzenden Rückens lächelte er.

„Siehst du Brüderchen? Ist doch gar nicht so schwer~" Er quälte sich auf die Beine und streckte seine Muskeln, seine Schritte führten ihn jedoch pfeifend in Richtung der Schlossküche — schließlich musste er ja wissen was die Köche heute auftischen würden.

Er freute sich schon auf das gemeinsame Abendessen, auch wenn er traurig war dass Sakura schon wieder abgereist war. Sein Vater aß nur selten mit ihnen, daher genoss er nun die gemeinsamen Mahlzeiten mit Shuyar und Faith.

Immer gab es etwas zu lachen und es freute ihn zu sehen, wie sein Bruder immer mehr auftaute und sein wahres Ich zum Vorschein kam. Faith schien ihm so unglaublich gut zu tun, dass Fircos darauf hoffe dass sie vielleicht noch etwas länger hierbleiben würde.

Er freute sich jedoch auch genauso auf sein weiches Bett, denn es war heute war erneut ein anstrengender und ereignisreicher Tag gewesen.

Nach getrennten Bädern und einem gemeinsamen Abendessen kehrte nun auch im Schloss langsam die nächtliche Ruhe ein. Shuyar wälzte sich einige Zeit in seinem Bett hin und her, doch dann schlief auch er endlich ein. Doch auch diese Nacht wurde Shuyar von Albträumen der Vergangenheit gequält. Stimmen, die in seinem Kopf nach ihm zerrten. Verstörende Bilder voller Angst und Tod. Doch dann fühlte er eine beruhigende Hand, die über seinen Kopf strich.

Die bösen Träume verschwanden und endlich ging sein Körper in einen ruhigen Schlaf über, denn er war erschöpfter als vorher. Die zarten Hände strichen über seine Stirn, als er nun träumte auf einer weitläufigen Wiese zu liegen. Die Krone eines großen, alten Baumes spendete Schatten – und in der sanften Berührung der anderen Person fühlte er sich sicher.

Eine Stimme, die er nicht zuordnen sprach leise zu ihm „Schlaf mein lieber Shuyar. Du wirst deine Kraft brauchen, mein lieber Sohn."

Shuyar riss seine Augen auf, doch als er sich umblickte sah er nur die Dunkelheit der Nacht die in seinem Gemach herrschte. Er vergrub sein Gesicht in seiner Bettdecke und seine Finger krallten sich verkrampft in den weichen Stoff.

„... Mama..." es war kaum mehr als ein ersticktes Flüstern, welches über seine Lippen hauchte.

Es dauerte lange bis er wieder einschlief. Er fürchtete sich vor seinen Träumen inzwischen noch mehr als vor seinem Vater. Erschöpft fiel der dieses Mal jedoch glücklicherweise in einen tiefen, traumlosen Schlaf.

4. Kapitel
'Die Masken fallen'

Faith war diesen Morgen früh erwacht. Shuyar und Fircos schienen nach dem anstrengenden Vortag noch etwas Schlaf nachholen zu müssen, denn sie hatte von keinen der beiden Brüder bisher etwas gehört oder gesehen. Daher ging sie davon aus, dass die beiden Dämonenzwillinge sicher noch schliefen.
Sie saß auf ihrem Bett und dachte über all das nach, was in den letzten Tagen passiert war.
Doch besonders, als sie an den gestrigen Moment an der Küste dachte schlug ihr Herz viel schneller und sie spürte wie ihre Wangen warm wurden.
Wenn dieses Monster nicht aufgetaucht wäre... hätte Shuyar sie dann geküsst?
Faith musste sich eingestehen, dass sie dem nicht einmal abgeneigt gewesen wäre. Sie hatte realisiert dass sie den kleinen mürrischen Grünschopf inzwischen sehr mochte.

Sie umfasste ihre Knie und träumte etwas vor sich hin, als sie in ihrem Kopf selbst ihre Gedanken korrigierte. Sie mochte ihn nicht nur – sie war richtig verliebt.
Der kleine, Dämon mit dem kurzen grünen Haar hatte es tatsächlich geschafft sie zu bezirzen. Auch wenn seine ganze Art oft unbeholfen und etwas ruppig wirkte, wusste sie dass viel mehr in ihm steckte.
Shuyar war freundlich und aufrichtig. Er war

mitfühlend und auch liebevoll, auch wenn er dies nur selten offen zur Schau trug.

Der Gedanke dass er sie auch mögen könnte, lies sie wie auf Wolken schweben. Sie hatte zudem den Eindruck dass es ihm vollkommen egal war, dass sie selbst nur ein einfaches mittelloses menschliches Mädchen ohne besondere Herkunft war.

Doch all das Grübeln über ihre Gefühle lies sie nervös werden und sie beschloss dass etwas Ablenkung ihr gut tun würde. Daher erschien es ihr am besten dass sie der Bibliothek einen Besuch abstatten würde, denn dies war ja schließlich der Grund weshalb sie überhaupt hier war. Der Vortag war schließlich anders verlaufen als ursprünglich geplant. Nicht dass sie diese Entwicklung bereuen würde, doch sie brannte darauf einen Blick in die Bücher zu werfen die sie hier finden würde und konnte ihre Neugierde kaum noch zügeln.

Sie sprang regelrecht aus dem Bett auf um sich zu waschen und ihre neuen Kleider anzulegen.

Nachdem Faith einige Zeit im Schloss umher geirrt war, blickte sie nun beeindruckt auf die großen Wandregale der Bibliothek. Auf mehreren Ebenen des großen Raumes waren unzählige Bücher nach verschiedenen Inhalten und Themengebieten fein säuberlich sortiert. Sie ging zu einem Regal dessen Titel vielversprechend klangen, nahm sich einige der gebundenen Schriften heraus und brachte sie zu einem der Tische die mittig zwischen den

Bücherregalen standen. Die Sonne schien bereits hell durch die großen Fenster und Faith begann motiviert mit dem Lesen der alten Texte.

Faith stöberte emsig durch die Bücher und Schriften die ihr erschienen als könnten sie ihr weiterhelfen.
Als sich mit einem Mal der Schatten einer Person über die Seite legte auf der sie gerade las, dachte sie dass es sicher Shuyar oder Fircos sein mussten.
Sie war so vertieft in ihre Nachforschungen gewesen, dass sie gar nicht bemerkt hatte wie schnell inzwischen die Zeit vergangen war.
Freudig drehte sie den Kopf herum um einen der Brüder zu begrüßen, doch schlaghaft verschwand ihr Lächeln und lies sie erstarren. Sie war zu erschrocken als sie in die schmalen, roten Katzenaugen sah welche von langen, silbernen Haarsträhnen umrahmten wurden. Auf den Lippen des gehörnten Dämons lag ein unheimliches Lächeln, während sein nichtssagender Blick sie regelrecht durchbohrte.
Lance, der Herrscher des Schlosses stützte sich auf die hohe Lehne ihres Stuhle und lugte neugierig über ihre Schulter.
Die Aufmerksamkeit des Dämonenkönigs schien ganz und gar darauf zu liegen, was sie hier gerade tat.

„Interessiert dich das so sehr? Diese 'Götterdämmerung'?" Faith wusste keine Antwort auf seine Frage und senkte nur ihren Blick.
„Verzeiht mir, ich wollte euch nicht erzürnen. Ich hätte um Erlaubnis bitten sollen."
Zu ihrer Verwunderung blickte der silberhaarige

Vater der Zwillinge sie erstaunt an und begann sogar herzhaft zu lachen. Als er so verspielt lachte wirkte er fast schon sympathisch. Er richtete sich auf und lies sich schwungvoll auf einen den anderen leeren Stühle fallen, welche auf der gegenüberliegenden Seite des kleinen Tisches standen.

Noch immer grinsend sah er die verschiedene Bände an welche Faith ausgewählt hatte, blätterte etwas herum und lies sie dann einfach wieder achtlos auf den Tisch fallen.

„Meine Liebe, es gibt nichts zu verzeihen. Du bestrafst dich bereits schon genug, indem du diesen wertlosen Schund liest."

Seine schmalen, blutroten Augen studierten Faith ganz genau und schienen auf ihre Reaktion zu warten. Er verschränkte seine schlanken Finger und stützte seinen Kopf auf ihnen ab, doch sein Blick wich nicht von der jungen Frau vor ihm.

„Wonach suchst du denn genau? Vielleicht... kann ich dir ja helfen..."

Das war ein Angebot das Faith unter keinen Umständen annehmen wollte. Doch genauso beängstigte sie der Gedanke daran, was geschehen würde falls sie dieses Angebot ablehnen würde.

Sie verfluchte ihre eigene Neugierde und dass sie nicht auf Shuyar oder Fircos gewartet hatte. Nun saß sie Lance alleine gegenüber und nur ein falsches Wort wäre mit Sicherheit ihr Todesurteil.

Demütig senkte sie ihr Haupt „Vergebt mir mein Herr, aber ich glaube nicht dass mein banales Anliegen eure kostbare Zeit und Mühe wert ist."

Doch ihr Gegenüber lies sich nicht umstimmen und grinste sie noch immer keck an.

„Keine falsche Scheu. Ich bestehe darauf einer so liebreizenden jungen Dame zu helfen..."

Lance schenkte ihr nun jedoch ein charmantes Lächeln, das sie ein wenig an das von Fircos erinnerte. Der Silberhaarige der beiden Brüder glich seinem Vater wirklich fast wie ein Ei dem anderen, auch wenn Fircos Lächeln aufrichtig und ehrlich war. Das Lächeln von Lance war jedoch etwas, dessen Bedeutung sie nicht mit Sicherheit deuten konnte. Irgendetwas an dem Dämon vor ihr und dem intensive Blick seiner blutroten Augen jagten einen kalten Schauen ihren Rücken hinunter.

Nachdem der andere sie noch immer fordernd anblickte, nahm sie all ihren Mut zusammen und begann zu sprechen „Könnt ihr mir sagen, was genau vor… 15 Jahren geschehen ist?" noch während sie sprach bereute sie ihre Frage, doch sie schien das Interesse des Schlossherren geweckt zu haben.

Er schien kurz zu überlegen „Ah... du meinst die Schlacht. Was interessiert dich daran so?"

Faith tat sich noch immer schwer seinen Blick zu deuten, denn er schien ganz genau zu wissen weshalb sie überhaupt hier war. Scheinbar wollte er es jedoch aus ihrem eigenen Mund hören und wollte dass sie ihm ihre Beweggründe offenlegte.

Sie musste sich bitter eingestehen dass sie bereits in der Falle saß, also konnte sie es auch riskieren aufs Ganze zu gehen und versuchen Informationen aus dem älteren Dämonherrscher heraus zu bekommen.

„Warum wurden nur Engel und Halbengel getötet? Dafür... muss es doch eine einleuchtende Erklärung geben... könnt ihr mir darüber etwas sagen? Ihr habt doch mit Sicherheit selbst in der Schlacht gekämpft."
Faith brachte all ihren Mut auf um dem intensiven Blick des Herrschers der Dämonen stand zu halten.
Er kniff seine Augen amüsiert zusammen, als würde er sich bestens von Faiths Frage unterhalten fühlen.
Oder aber es erheiterte ihn, dass Faith all ihre Kraft aufbringen musste um auch nur dem Blick seiner blutroten Augen standzuhalten.

„Weil es ihr innigster Wunsch war."
Faith schluckte schwer „Wie bitte? Wessen Wunsch?"
„Der Wunsch unserer Göttin. Es war ihr innigster Wunsch und wir haben ihn ihr erfüllt. Wir alle, die ihre Macht in uns tragen."

Das war es also der Grund gewesen? Darum waren damals all die Dämonen einfach Amok gelaufen und hatten alle Wesen mit Engelsblut und jene die sich ihnen entgegensetzten einfach niedergemetzelt? Weil die Göttin es ihnen befohlen hatte? Weil sie unter dem Einfluss ihrer Göttin gar nichts anderes tun konnten als ihrem Befehl Folge zu leisten?

'Aber warum… hasste Yugure die Engel so sehr dass sie jeden Einzelnen töten wollte? Es ergibt keinen Sinn! Warum sollten unsere Götter so etwas tun?!'

Die Antwort die Lance ihr auf ihre Frage gab, brachte nur noch mehr neue Fragen mit sich.
Zwar hatte sie nun etwas Wichtiges herausgefunden, doch sie stand noch immer am Anfang. Aus der einen Frage waren hunderte neue entstanden und die Rothaarige war fest entschlossen, dass sie die Antworten darauf finden würde. Selbst wenn dies bedeuten würde, dass sie den Herrscher der Dämonen persönlich ausquetschen musste.
Denn scheinbar war er der Einzige voll all denen, die sie sie bisher befragt hatte der ihr klar schildern konnte was damals geschehen war.
All die anderen Dämonen und Halbwesen hatten ihr nie eine klare Antwort geben können, denn sie erinnerten sich kaum bis gar nicht mehr an diesen Zeitraum. Doch der silberhaarige Dämon vor ihr schien die Antworten auf all ihre Fragen zu besitzen, während er noch immer ihr gegenüber saß und sie anlächelte.

„Aber waru-" Faith wurde in ihrer Frage jäh unterbrochen, als Lance sich erhob und zu ihr über den kleinen Tisch beugte. Behutsam legte er einen seiner schlanken Finger auf ihre Lippen und hinderte sie so, ihre Fragestellung zu beenden.
Sein sanftes Lächeln hätte jeder Frau weiche Knie geben können, doch Faith war sich durchaus bewusst wer hier vor ihr saß.

Lance, Herrscher der Dämonen und direkter Diener der dunklen Göttin Yugure. So war alles was sein Lächeln und seine Geste in Faith auslöste ein kalter Schauer und ein immer stärker werdendes beängstigendes Gefühl.

„Shhh..... mehr brauchst du nicht wissen..." säuselte ihr der ältere Dämon vor ihr sanft entgegen „... und ich auch nicht..." Faith verstand nicht was der Vater ihrer neuen Freunde damit sagen wollte, vor allem nicht welches Wissen er scheinbar aus ihren Fragen gewonnen hatte.
Lance sprang regelrecht von seinem Stuhl auf und ein manisches Grinsen zog sich über ein Gesicht — der Tisch, der zwischen ihnen gestanden hatte wurde mit einer flüchtigen Handbewegung einfach mühelos zur Seite geworfen.
Sein wilder Blick ähnelte einem Raubtier, das soeben das Blut seiner Beute geleckt hatte. Faith wich panisch zurück und versuchte einen Fluchtweg zu finden, doch der andere stand bereits unmittelbar vor ihr und packte das junge Mädchen am Hals.

Voller Angst blickten ihre fliederfarbenen Augen in das Gesicht des Dämons, in dessen Zügen sich immer mehr der pure Wahnsinn spiegelte.
Faith war vor Angst wie gelähmt als der Herr des Dämonenschlosses zu sprechen begann – seine Stimme klag aufgewühlt, als wollte er sich seine Anspannung nicht anmerken lassen „Endlich habe ich euch gefunden... dich und die anderen letzten dreckigen Kreaturen deiner Art! Dass ihr euch so

lange vor mir verstecken konntet... Ich bin beinahe beeindruckt!"

Faith befreite sich aus ihrer inneren Starre und schlug nach ihrem Angreifer und hoffte dass er seinen Griff lockern würde, doch ihre Schläge und Tritte prallten ohne jegliche Wirkung ab.

Von ihrer Gegenwehr sichtbar amüsiert zog sich das gehässige Lächeln noch breiter über Lance Gesicht. Schließlich packte er Faith noch fester und hob sie mit seinem Arm so weit nach oben, dass ihre Zehenspitzen über dem Boden taumelten. Sein fester Griff um ihren dünnen Hals begann dem jungen Menschenmädchen immer mehr die Luft abzuschnüren, doch sie versuchte alles ihr mögliche um sich zu wehren.

Ihre Fingernägel kratzen tiefe blutige Spuren über seinen Arm und noch immer trat sie nach ihm aus, aber es schien als würde er den Schmerz überhaupt nicht spüren. Selbst als ihre blutverschmierten Fingerspitzen sein Gesicht erreichten und tiefe Kratzspuren auf seiner Wange zurück liesen kümmerte dies den Herrscher der Dämonen nicht.

Je mehr sie sich wehrte und um ihr Leben kämpfte, umso stärker wurde die Ekstase die sich in Lance Gesicht spiegelte. In seinem immer stärker werdenden Würgegriff spürte Faith wie ihre letzte Kraft sie verlies. Ihre Sicht verschwamm und ihr Bewusstsein schien zu schwinden. Aber sie wollte nicht sterben. Nicht hier, nicht jetzt und vor allem nicht so. Aus ihrer Kehle drang kaum mehr als ein Röcheln als ihre Gedanken schrien „NEIN!!!"

Urplötzlich erkannte sie verschwommen, wie sich ein helles Glühen über ihren Körper ausbreitete, als stünde er in Flammen. Es war ein Gefühl der Wärme welches durch ihren Körper jagte und sie auf den Luftmangel zurückführte. 'So… sterbe ich also…? Shuyar… Hilfe… bitte hilf mir!!!'

Lance Augen weiteten sich vor Freude als er ein letztes Mal kräftig zudrückte. Als zerbräche er einen Spiegel, hörte Faith ein splitterndes Geräusch dass durch ihren ganzen Körper fuhr. Ein heftiger Schmerz durchdrang ihren Körper und lies ihn noch immer im Todesgriff aufbäumen. Sie spürte wie etwas in ihr wuchs und sich schmerzhaft durch ihren Rücken ins Freie bohrte. Voller Schmerz schrie sie auf als spürte wie die Auswüchse immer weiter wuchsen, bis sie deren zuckenden Bewegungen kontrollieren konnte. Eine unbekannte Energie wie Faith sie noch nie zuvor gespürt hatte, flammte in ihr auf.
Erneut schlug sie mit allem was ihr Körper noch aufbieten konnte, nach dem Herrscher der Dämonen.

Lance lockerte seinen Griff als er überrascht zurückwich und Faith aus seinem Todesgriff freigab. Nach Luft schnappend fiel die junge Frau zu Boden, Federn stoben umher. Weiße, teils blutverschmierte Federn ihrer großen, starken Schwingen die nun aus ihrem Rücken ragten. Noch immer nach Atem ringend kauerte sie am Boden als sie merkte, dass der andere sich ihr bereits wieder näherte.
„Du glaubst doch nicht dass ich es dir so leicht

mache… du wirst genauso leiden wie sie gelitten hat!" ein unheimliches Lachen mischte sich in die Stimme des Dämons als eine seltsame, dunkle Aura um ihn herum aufflackerte.

In ihrer Todesangst schrien ihre Gedanken nur immer wieder verzweifelt nach Shuyar 'Bitte… hilf mir!!!'

Shuyar rannte in Richtung der Bibliothek, als sein Bruder Fircos zu ihm aufschloss. Sie hatten seit einigen Stunden bereits schon nach Faith gesucht, doch von ihrem Gast fehlte jede Spur. Einige Diener glaubten sich zwar daran zu erinnern das junge Menschenmädchen gesehen zu haben, doch sie wussten nicht wohin sie in der Zwischenzeit wohl gegangen war. 'Verdammt! Ich hab ihr doch gesagt dass sie nicht alleine hier herumlaufen soll!' fluchte Shuyar innerlich.

Er war noch immer auf der Suche gewesen, als vor einem Augenblick ihn ein kurzer, heftiger Schmerz durchfahren hatte.

Als würde eine bekannte Stimme in seinem Kopf nach ihm rufen, um Gehör flehen „Bitte… hilf mir!!!"
Schlagartig wurde ihm bewusst warum ihm diese Stimme so vertraut war – es war Faith die nach ihm rief. Er wusste nicht warum oder wie dies überhaupt möglich war, er wusste nur dass sie in schrecklicher Gefahr war.

Fircos schrie ihn aufgeregt an „Shuyar! Was ist hier los?! Hast du den Lärm gehört?!" Der kleine Grünhaarige zischte nur „Ich weis es nicht! Aber sie ist in Gefahr! Ich glaube es kam aus der Bibliothek!"

Er hetzte weiter, gefolgt von seinem Bruder.
So schnell es ihm möglich war, rannte er die Gänge
entlang und hoffte nur dass er nicht zu spät sein
würde.

Shuyar und Fircos erstarrten als sie die großen,
eingeschlagenen Türen der Bibliothek erreichten.
Doch viel verstörender war der Anblick der sich ihnen
im Inneren des Raumes bot. Ihr Vater stand voller
Blutgier inmitten der zerstörten Einrichtung und warf
etwas angewidert zu Boden. Erst auf den zweiten
Blick erkannte Shuyar dass es Faith war die
kreischend gegen eines der demolierten
Bücherregale prallte, welches unter dem plötzlichen
Aufprall endgültig in sich zusammenbrach.

Halb unter den Büchern und Trümmern begraben lag
Faith schwer atmend auf dem Rücken und starrte ihn
und Fircos voller Todesangst flehend an. Die weißen
gefiederten Flügel, die aus ihrem Rücken ragten
waren blutverschmiert und sie war von Wunden
übersät. Shuyar verstand nicht was hier vor sich ging,
oder warum Faith auf einmal Flügel hatte. Er wusste
nur dass das Mädchen sterben würde, wenn er jetzt
nichts unternehmen würde.

Die blinde Wut kochte in Shuyar hoch, denn dieses
Mal würde er seinem Vater nicht verzeihen! Er würde
ihm nicht verzeihen, dass er seine Freundin
angegriffen und Faith so schwer verletzt hatte!

Shuyar schrie zornig auf, sprang auf seinen Vater zu und wollte nach ihm schlagen doch dieser wich dem Faustschlag geschickt aus.

Sein Vater packte seinen Kopf und schlug ihn zu Boden. Der grünhaarige Dämon spürte wie ihm das Blut aus der Nase schoss, welche von dem Schlag gegen den Marmorboden sicher gebrochen war.

Shuyar schrie unter Schmerzen auf und versuchte sich zu befreien, doch sein Vater löste seinen Griff nicht und hob seinen Sohn am kurzen Haar nach oben. Shuyar zappelte wild umher und wollte nach dem bereits blutverschmierten Arm seines Vaters greifen, doch seine Hände rutschten immer wieder durch die dunkelrote Flüssigkeit weg. Mit Entsetzen blickte er in die blutgierigen Augen seines Vaters, als dieser kalt lächelnd umgriff und nun das Gesicht seines Sohnes von vorne packte.

Fircos war in der Zwischenzeit zu Faith geeilt und zerrte sie unter den schweren Regaltrümmern hervor. Hastig zog er sie in sicheren Abstand zu den beiden Kämpfenden, und legte sie vorsichtig neben dem Türrahmen ab. Er wollte gerade seinem kleinen Bruder zur Hilfe eilen, als dieser bereits gegen die Steinmauer neben ihm geschleudert wurde.

Das harte Gestein splitterte unter dem heftigen Aufprall ab und Shuyar kippte regungslos nach vorne und fiel zu Boden.

Blut strömte aus seiner Nase und der großen Platzwunde an seinem Hinterkopf und bildete eine immer größer werdende Lache um den kleinen grünhaarigen Dämon. Fassungslos starrte Fircos auf seine schwer verletzten Freunde. Faith kämpfte sich auf die Knie und kroch mit letzter Kraft zu Shuyar. Tränenüberströmt versuchte sie verzweifelt trotz ihrer eigenen schweren Verletzungen die fatale Kopfwunde des Grünschopfes zu heilen.

Fircos breitete seine schwarzen ledrigen Schwingen aus und stellte sich schützend vor die Verletzten „Hör…. HÖR SOFORT AUF DAMIT VATER!!!" doch sein Vater lachte nur boshaft auf.
„Du hast mir gar nichts zu sagen! Du bist genauso schwach und wertlos wie dein Bruder!"
Er schritt zielstrebig auf die drei zu und Fircos stieß erneut eine letzte Warnung aus „Vater!… Wag.. wag es nicht näher zu kommen! Hör auf damit!!!"
Fircos beschwor seine Klinge aus schwarzer Magie.
Seine Zähne knirschten als er sich sammelte und seine Gedanken konzentrierte. Er umfasste fest den Griff der Waffe und stürmte entschlossen auf seinen Vater zu.

„Ist das alles, was du kannst? Ich bin enttäuscht." egal wie geschickt Fircos angriff – sein Vater wich seinen Attacken aus als wäre dies seine leichteste Übung.
Ein Schlag in die Magengrube brachte den Sohn ins taumeln und lies Sterne vor seinen Augen tanzen.
Unter dem unerwarteten Schmerz lockerte sich der Griff an seiner magischen Klinge und sein Vater riss ihm mit Leichtigkeit das Schwert aus seinen Händen.

Fircos Augen weiteten sich, als er Blut spuckte und sein Körper sich unter dem plötzlichen, höllischen Schmerz aufbäumte. Er konnte nichts anderes tun als mit purem Entsetzen seinen Vater anzustarren.
„Es wird Zeit dieses Trauerspiel zu beenden."
Mit diesem Worten zog Lance die magische Klinge seines Sohnes aus dessen Unterleib.
Blut strömte aus der Wunde die Fircos mit seinem eigenen Schwert zugefügt worden war und der junge Dämon sackte röchelnd in sich zusammen. Doch Lance war noch lange nicht fertig - er trat seinen Sohn in die Wunde in seinem Unterleib und Fircos brüllte schmerzerfüllt auf. Doch ein weiterer Schlag seines Vaters schleuderte den schwer verwundeten jungen Kämpfer zu seinen am Boden kauernden Freunden.

Shuyar, welcher durch Faiths heilende Magie wieder bei Bewusstsein war stürzte nach vorn um den Aufprall seines großen Zwillings abzufangen.
Während Fircos zitternd in seinen Armen kauerte presste Faith ihre blutverschmierten zitternden Hände gegen die tödliche Stichwunde und lies verzweifelt ihre letzten Magiereserven hineinfließen.

Lance jedoch hob seine Hände und sammelte Kraft für einen magischen Angriff – eine tiefschwarze Sphäre flackerte zwischen seinen Fingern und wirbelte die Luft um ihn herum wild auf.
Das diabolische Lächeln auf dem Gesicht des silberhaarigen, gehörnten Dämons wurde mit jedem Stück den die gesammelte Energie wuchs manischer.

Inzwischen sprangen schwarze Funken und Blitze aus der Sphäre über seinen Körper und einen großen Teil der zerstörten Bibliothek über.

Shuyar kauerte sich schützend über seinen Bruder und Faith zusammen, doch es war kein Platz für Zweifel übrig. Dieser Angriff würde sie alle töten.

Sein Vater wollte ihn töten. Sein Vater, den er glaubte selbst so sehr hassen und trotzdem all die Zeit versucht hatte sich ihm zu beweisen. Die Augen die den seinen so ähnlich waren, doch ihn nun voller Bosheit rotglühend anstarrten.

Shuyar konnte den Schmerz den er in seinem Herzen fühlte nicht länger verbergen.

Verständnislos sah er wie seinen Vater an, als dieser seine Hand bewegte um seinen vernichtenden Angriff auf die drei niederregnen zu lassen.

Shuyar kniff seine Augen zusammen und meinte schon zu spüren wie die mächtige Magie auf ihn niederschlug, doch es geschah nichts.

Der Kleinere riss seinen Kopf verwirrt nach oben, nur um seinen Vater zu sehen wie er inmitten seiner Bewegung gestoppt hatte. All die gesammelte Magie hatte sich verflüchtigt und in all dem Chaos stand Lance nur wie angewurzelt dort und starrte ihnen entgegen.

Shuyar sah das pure Entsetzen in dem ihm so vertrauten Gesicht und die roten Augen die auf einmal so anders waren. Neben Bedauern und Verwirrung lag in ihnen so unglaublich viel Schmerz.

Shuyar verstand nicht was in diesem Moment

geschah. Es war ihm in diesem Moment völlig egal dass er noch vor einem Augenblick versucht hatte sie alle zu töten. Er wollte zu ihm, nein er musste zu ihm! Shuyar kämpfte sich auf und wollte zu seinem Vater, als dieser erschrocken zurückwich.

Sein Gesicht vor Schmerz verzerrt perlte eine einzelne Träne über die Wangen des Dämonenherrschers.

„...V...Vater!!!" brüllte Shuyar und wollte sich zu ihm schleppen, doch er kam nicht weit. Es brauchte nur eine flüchtige Handbewegung des anderen Dämons und ein magisches Pentagramm erschien unter den Körpern der Freunde, als diese auch schon von dem grellen Licht geblendet wurde, welches den kompletten Raum erfüllte.

Als das helle Leuchten verblasste war von den dreien keine Spur. Einzig Lance stand in dem Chaos und starrte völlig regungslos ins Nichts.

Lance wurde brutal durch die Leere der Schwärze um ihn herum geschleudert und schrammte über den Boden. Als er versuchte aufzustehen spürte er den Tritt in seinem Gesicht und den Schuh des Anderen, der seinen Kopf wütend auf den Boden drückte.

„Du wertloses Insekt! Wie kannst du es wagen dich zu widersetzen?!" die leicht verzerrt klingende Stimme seines Angreifers ging in ein zorniges Zischen über „Jetzt wo ich endlich weis wie sie mir all die Jahre entkommen konnten...! Aber gut, das ist jetzt nicht mehr zu ändern. Ich werde sie finden... sie werden mir nicht ewig entkommen können."

Ein gehässiges Lachen ertönte „Du kannst froh sein, dass ich deinen Körper noch brauche. Sei dankbar für dein armseliges Leben, du niedere Kreatur!"
Der ganz in Schwarz gekleidete Mann lies von ihm ab und der silberhaarige Dämon versuchte sich vor Schmerzen gekrümmt wieder aufzuraffen. Sein gesamter Körper schmerzte und rebellierte.
Die tiefen Kratzer, die Faith ihm zugefügt hatte pochten so stark dass seine blutigen Arme zitterten.
Er riss seinen Kopf herum um zu sehen wohin der andere ging, doch der Mann war bereits wieder in der Dunkelheit verschwunden.

Lance biss die Zähne zusammen und versuchte sich langsam auf seine Beine zu kämpfen, doch alles was er schaffte war auf seine Knie zu fallen. Er kippte nach vorn und blickte auf die Schwärze die ihn von allen Seiten umgab. Er schlug mit seinen Fäusten auf den Boden und verfluchte seine eigene Machtlosigkeit.
Unter Tränen brach er auf dem Boden zusammen und die einzigen Worte die seine zitternde Stimme bilden konnten, verhallten in der tiefen Schwärze die ihn umgab.
„Shuyar… Fircos… bitte… ihr… dürft nicht sterben…"

Als die Wachen in die Bibliothek eintrafen, stand ihr Herr inmitten der verwüsteten Halle und starrte ins Leere. Blut tropfte aus seiner Nase und den Kratzspuren in seiner Wange. Seine Arme waren aufgekratzt, doch er schien tief in Gedanken oder es interessierte ihn einfach nicht, dass sein Blut bereits zu Boden tropfte.

„Mein Herr! Ge… geht es euch gut?" meldete sich eine der Wachen zu Wort worauf hin Lance plötzlich seinen Kopf herumriss und den Dämon anstarrte.

Die Wachmänner gingen sofort demütig in die Knie und warteten auf die Anweisungen ihres Herren.

Doch dieser schnaubte nur abfällig auf, bevor er das Wort ergriff „Es ist nichts weiter. Aber ich brauche ein paar Männer – ich möchte gerne einen alten Freund besuchen." der Silberhaarige klopfte sich etwas Schmutz von der Kleidung, während seine Untergebenen sich beeilten um seinem Befehl folge zu leisten.

Das Licht der Sonne schien schwach durch die Blätter der Baumkronen auf die drei Verletzten, die sich scheinbar irgendwo in einem Wald befanden.

Shuyar wusste nicht wohin sie der Zauber gebracht hatte, geschweige denn warum sein Vater sie überhaupt fort gebracht hatte. Einen Moment zuvor hatte er sie noch töten wollten und dann rettete er sie? Shuyar begriff nicht was geschehen war.

Er wusste gar nichts. Er war von der ganzen Situation überfordert, doch das wäre jeder andere an seiner Stelle mit Sicherheit auch gewesen.

„Shuyar! Bitte, du musst mir helfen die Wunde zu verbinden!" Er wirbelte herum und eilte zu Faith und Fircos welcher noch immer schwer verletzt am Boden lag. Faith hatte zwar das Schlimmste verhindern können, doch sie war mit ihrer Kraft am Ende.

Die gefiederten Flügel, die zuvor hell leuchtend aus ihrem Rücken geragt hatten, waren auch wieder verschwunden als hätte es sie nie gegeben.

Er fasste ihr an die Schulter „Bitte Faith. Du musst dich ausruhen – Fircos hilft es auch nicht, wenn du auch noch zusammenbrichst."

Widerwillig nickte Faith und lehnte sich erschöpft an einen der Baumstämme. Sie schloss ihre Augen und versuchte ihre verbleibenden Kräfte zu sammeln.

'Sie ist also ein Engel, huh?' Shuyars Gedanken drehten sich im Kreis. Wie konnte dies überhaupt möglich sein, seines Wissens wurden vor 15 Jahren alle Engel und Halbengel getötet.

Wie konnte Faith nun hier vor ihm sitzen? Wann immer sie ihre heilende Magie beanspruchte, wuchsen ihr nun diese Flügel aus Licht und auch an ihren Ohren waren kleine Schwingen sichtbar, so anmutig wie derer einer weißen Taube.

Doch das Rätsel um Faiths Engelsdasein musste nun warten. Fircos schien dem Tod gerade noch einmal von der Schippe gesprungen zu sein und lag erschöpft in Faiths kraftlosen Armen. Er schien zwar bei Bewusstsein, doch ihm fehlte allein schon die Kraft um seine Augen zu öffnen.

'Wir… wir alle leben noch… das ist das Wichtigste…' dachte sich Shuyar als er zu überlegen schien, was nun ihre nächsten Schritte waren. Doch davor kam die wichtige Frage wo sie eigentlich im Moment waren. Shuyar beschloss kurzerhand eine magische Barriere zu erschaffen und wandte sich dann an Faith, die ihn deutlich erschöpft ansah.

„Ich werde versuchen herauszufinden wo wir hier

eigentlich sind. Die Barriere müsste die meisten Monster vorerst abhalten. Pass mir gut auf Fircos auf."

Faith schien als dass sie ihn eigentlich aufhalten wollte, doch so erschöpft wie sie war antwortete sie nur mit einem stummen Nicken.

„Bitte… pass auf dich auf Shuyar…" ihre Stimme wirkte ebenfalls kraftlos, doch sie zwang sich zu einem leichten Lächeln als Shuyar ihr antwortete „…Ja… das mach ich, versprochen… ich bin bald zurück!"

Shuyar kämpfte sich einige Zeit durch das Dickicht der Pflanzen bis er einen Baum fand der ihm geeignet erschien um ihn zu erklimmen. Vorsichtig kletterte er die starken Äste hinauf und schaffte es tatsächlich die Baumkrone zu erreichen. Von diesem erhöhten Punkt aus aus konnte er den Wald ein gutes Stück überblicken. Er suchte nach irgendetwas, das ihm bekannt vorkam bis sein Blick auf eine Ansammlung von Gebäuden fiel, die sich an die Seite der langen Gebirgskette schmiegte. Die unteren Gebäude schienen Teile einer Stadt zu sein, während im oberen Bereich ein kleines Schloss oder eine Festung zu thronen schien.

Shuyar wurde schnell klar dass dies Cathral war, Sakuras Heimatstadt. Die Magie seines Vaters hatte sie in einem Waldstück herausgeworfen, welches nur eine verhältnismäßig kurze Strecke von der Stadt entfernt lag. Wenn sie sich beeilen würden, könnten sie die Stadtmauern sicher noch vor Einbruch der Dunkelheit erreichen.

Shuyar nickte zuversichtlich und wollte gerade seinen Abstieg beginnen, als etwas seine Aufmerksamkeit auf sich zog.

Rauch. Mit einem mal stiegen große Rauchwolken aus Teilen der Stadt empor.
„...Verdammt!" zischte Shuyar und sprang die letzten Höhenmeter hinunter auf den Waldboden.
Er rannte so schnell es ihm seine verbleibende Ausdauer erlaubte in Richtung Cathrals.
Ihm war bewusst dass er Faith versprochen hatte bald wieder zurück zu sein. Doch weder Faith noch Fircos wären momentan in der Lage die Stadt so schnell wie möglich zu erreichen und gar zu kämpfen. Und etwas in ihm schrie ihm zu dass er keine Sekunde vergeuden durfte.

Hisaki stand vor dem kleinen Ratsraum wache.
Ein Bote hatte seinen Herren um eine Unterredung gebeten, trotz der späten Stunde. Es schien wohl extrem wichtig zu sein. Der Dunkelelf war als langjähriger Vertrauter und Leibwächter des Stadtregenten einer der Wenigen der wusste, dass dieser im Geheimen die Rebellion unterstützte.
Durch die Verbindung dessen Tochter zum Kronprinzen war es jedoch ein Spiel mit dem Feuer und irgendwann würde sich jemand verbrennen.

Doch Hisaki dachte auch an den Rückweg als sie den Tag zuvor vom Schloss der Göttin zurückgeritten waren. Es hatte ihn gefreut Sakura so glücklich zu sehen. Sie hatte viel erzählt, besonders von dem

Menschenmädchen mit dem sie sich angefreundet hatte. Er erinnerte sich daran das Mädchen mit den weinroten langen Haar bei den Prinzen stehend gesehen zu haben, doch dies war keine Angelegenheit gewesen die ihn etwas anging.

Es freute ihn nur dass Sakura neue Freunde gefunden hatte. Er kannte das quirlige Mädchen bereits seit ihrer Geburt und sie war für ihn schon fast wie eine eigene Tochter - daher wusste er dass sie sich trotz ihrer offenen, freundlichen Art schwer tat neue Freunde zu finden. Umso glücklicher hatte es ihn gemacht, als sie ihm von dem schönen Tag am Schloss erzählt hatte. Er wusste dass auch die Prinzen bei weitem keine schlechte Gesellschaft für die junge Vampirin waren, doch seine Sorge war trotzdem allgegenwärtig. Sakura wusste nichts von den geheimen Tätigkeiten ihres Vaters, doch falls diese ans Tageslicht kämen, würde das rothaarige Vampirmädchen den selben Preis wie alle anderen zahlen. Selbst als Verlobte des Kronprinzen stand auf Hochverrat zweifelsfrei als Strafe der Tod.

Hisakis Ohren zuckten nervös, als er plötzlich sich nähernde Schritte vernahm.

Er griff nach seinem Kampfstab und bereitete sich vor zuzuschlagen. Seine Stimme klang ruhig und stark durch die sich vor ihm langsam dämmernde Dunkelheit „Wer ist da? Zeigt euch!"

Doch die Person die aus den Schatten trat, war der Letzte, den der junge Dunkelelf in diesem Moment erwartet hätte.

111

Mit einem fröhlichen Lächeln schritt Lance, der Herrscher der Dämonen unbeeindruckt auf ihn zu.

Doch es war ein kaltes Lächeln dass er dem weißhaarigen Krieger schenkte „Was ist das denn für eine Begrüßung? Darf ich denn nicht überraschend alte Freunde besuchen?"

Hisakis Anspannung lies nicht die kleinste Bewegung zu. Sein Herr musste das Eintreffen des Dämons inzwischen bemerkt haben, denn die Stimmen im Ratsraum waren verstummt und ein hastiges Flüstern ertönte, doch er musste versuchen noch etwas Zeit zu schinden.

Lance blickte enttäuscht in die Augen des Elfen, als dieser ruhig zu sprechen begann „Hättet ihr uns von eurem Besuch in Kenntnis gesetzt, hätten wir euch angemessen Begrüßen können mein Herr." dabei verneigte sich Hisaki höflich, ohne jedoch den Griff an seiner Waffe zu lockern.

Lance schritt weiter auf Hisaki zu und stand nun direkt vor dem Elfenkrieger welchen er eindringlich musterte.

Mit einem Mal packte er Hisaki mit einer Hand an der Hüfte und zog ihn nah an sich heran, seine andere Hand strich über die gebräunte Wange des perplexen Dunkelelfen.

„Hmm…. wirklich… so eine Verschwendung..." Hisaki war zu überrascht von dem Verhalten des Dämons, sodass er gar nicht reagieren konnte außer Lance irritiert anzustarren.

Die Finger des Dämons glitten über seine Wange und erst jetzt sah der Dunkelelf die bandagierten

Unterarme und die verschorften Kratzspuren auf der Wange des Dämonenherrschers. Doch als Hisaki das Wort ergreifen wollte, stoppte der Andere mit dessen Zeigefinger seine Lippen. Ein gehässiges Funkeln blitzte in den blutroten Augen des silberhaarigen Dämonen auf „...schade dass du auf der falschen Seite stehst."

Die schwarzen Augen Hisakis weiteten sich geschockt, als ihn ein jäher Schmerz durchfuhr. Lance hatte ohne Vorwarnung zugeschlagen und seine Finger, die nun vielmehr scharfen Krallen ähnelte, durch den Unterkörper des Elfen geschlagen als bestünde dieser nur aus Butter.

Hisaki spuckte Blut und starrte noch immer in der Umarmung des anderen den Herrn der Dämonen entsetzt an. Seine Stimme zitterte als er sprach „W...was....was hat das zu bedeuten?!"

Lance lächelte ihn an während er sadistisch mit seiner Hand weiter in Hisakis schlanken Körper bohrte. Der Elf krallte seine Hände in den Mantel des Anderen und ächzte unter dem überwältigenden Schmerz auf, doch er konnte weder dem Griff des Anderen, noch dem Schmerz entkommen.

„Nun ja... wie soll ich es sagen?"

Lance überlegte gekünstelt als er nahe an das Ohr des sich vor Schmerzen windenden Elfen beugte.

„Dein Herr hat sein Spiel lange genug mit mir getrieben, es langweilt mich. Außerdem habe ich keinerlei Verwendung mehr für die kleine Prinzessin... Und man sagt doch dass man sich von unnützen

Dingen so schnell wie möglich trennen sollte, nicht wahr?"

Lance lachte zufrieden auf als er seine Hand aus dem verkrampften Körper des Elfen riss und den Weißhaarigen aus seiner tödlichen Umarmung freigab. Der zuckende Körper schlug ungebremst auf den harten Steinboden auf und Lance belächelte den Anblick, wie Hisakis Körper sich unter Todesqualen in einem See seines eigenen Blutes wandte.

Er nickte deutlich zufrieden und wandte sich seinem eigentlichen Ziel zu. Unbeeindruckt schritt in den Ratsraum ein und begrüßte Sakuras Vater.
Hisaki war noch bei Bewusstsein, doch er konnte sich nicht rühren. Selbst als er die Todesschreie der anderen aus dem Ratsraum vernahm, wollte sein Körper ihm nicht gehorchen. Seine Hände auf die klaffende Wunde gepresst war der Schmerz einfach zu überwältigend.
Er sah den dunklen Nebel der sich ausbreitete und die dunklen, grotesken Kreaturen die ihm entstiegen. Ihre rot glühenden Augen leuchten in der Dunkelheit als sie die Jagd begannen. Er selbst wurde von den seltsamen Monstern ignoriert, scheinbar waren sie nicht daran interessiert, eine bereits im sterben liegende Beute zu schlagen.
Doch auch sein Geist vernebelte sich und selbst die überall hallenden Todesschreie drangen kaum noch durch die immer dichter werdende Dunkelheit zu ihm durch. Sein einziger Gedanke der ihn davor bewahrte in die Finsternis zu fallen war jetzt Sakura, welche

irgendwo in dieser Burg in Lebensgefahr war.

Seltsame Geräusche liesen die rothaarige Vampirin aus dem Schlaf schrecken. Sakura hatte sich nach ihrem Bogentraining etwas Ruhe gegönnt und in ihrem Turmzimmer geschlafen, doch die seltsamen Laute hatten sie geweckt. Es waren verstörende Geräusche, die sie nicht zuordnen konnte.
„Was... ist das? Schreie? Und... was ist das für ein Geruch?" Sie erhob sich zögernd von ihrem Bett und schritt vorsichtig zu ihrem halb geöffneten Fenster, als sie die den Ursprung ihrer Verwirrung sah.

Die Stadt unterhalb der Burg stand lichterloh in Flammen. Überall huschten seltsame dunkle Kreaturen umher und streckten all die Bewohner nieder, die sich panisch auf die Straßen flüchteten. Sie erblickte auch einige der Burgwachen welche erbittert versuchten sich zu verteidigen, doch sie wurden einer nach dem anderen niedergemetzelt. Sie glaubte sich inmitten eines Albtraumes, doch auch als sie ihren Arm fast blutig gezwickt hatte konnte sie nicht aufwachen. Völlig verängstigt musste sie feststellen dass dies die Realität war. Cathral wurde von einer Horde bösartiger Monster überrannt und in der ganzen Stadt herrschten Tod und Verzweiflung.

Panik stieg in dem Rotschopf auf, als sie schwere Schritte hörte welche die Stufen hinauf zu ihrem Turmzimmer stampften. Sie riss panisch ihren Bogen an sich, der in einer Ecke des Zimmers lehnte und schnallte sich ihren bestückten Köcher um.

Sie breitete ihre Schwingen aus und lugte aus dem geöffneten Fensters als ihre Tür schon von einer riesigen Axt zwiegespalten wurde.

Erschrocken blickte sie in die Grimassen von Kreaturen wie sie sie noch nie gesehen hatte. Aus den schwarzen Körpern leuchteten rote Augen und grässliche Stimmen krochen aus ihren Kehlen „DIEe LEtZTe! SiE iST diE LEtzTE!" schrie das menschenähnlichen Wesen „TöTEN! tÖTEn!" brüllte die andere Kreatur, die vielmehr einem wilden Biest ähnelte mit einer seltsam verzerrten Stimme.

„Die… Letzte?..." Sakura sprach ihren Gedanken laut aus bevor der Schock das Vampirmädchen durchfuhr „VATER! MUTTER!"

Nach diesem Ausruf sprang sie einfach aus ihrem Fenster, die Kreaturen eilten hinterher und starrten ihr fluchend hinterher als sie nur noch beobachten konnten wie ihre schwarzen Schwingen sie sicher zu Boden gleiten liesen.

Panisch sah Sakura den Berg der Leichen in deren Mitte sie sich nun befand. Alles waren einst Menschen und Dämonen gewesen die sie gekannt hatte, jeder Einzelne niedergemetzelt von diesen barbarischen Kreaturen.

Übelkeit stieg in ihr hoch, als sie sah wie einige zerfetzt und ausgeweidet worden waren, unter ihnen auch Frauen und Kinder. Doch dann sah sie das auch die Burg selbst, ihr Heim inzwischen ein Opfer der Flammen geworden war. „N...nein…. nein.. nein… NEIN!!!" schrie sie in ihrer Verzweiflung hinaus, doch es gab nichts das sie nun noch tun konnte.

Sie umklammerte ihre Schultern und versuchte sich zu beruhigen „Das ist alles nur ein Traum Sakura, das muss einfach ein Traum sein! Gleich wachst du auf und ärgerst dich dass du den Nachmittagstee verschlafen hast… Es ist ein Traum… es ist nur ein böser Traum… so etwas kann… das kann doch gar nicht passieren… nur ein Traum…"

Sie sah die dunkle humanoide Kreatur nicht, die sich hinter ihrem Rücken aufbaute und ihr Schwert auf sie niederschlug. Sakura drehte erschrocken herum als sie ein metallisches Funkeln wahrnahm und glaubte schon das es das Ende sei, doch die Klinge stoppte kurz über ihrem Kopf. Die dunkle Kreatur fiel gurgelnd vornüber und schlug tot auf dem Boden auf. Hinter der Kreatur stand ein junger, blutüberströmter Elf der ihr wohlbekannt war.

„H..Hisaki!!!" Sakura schrie seinen Namen erleichtert heraus, bis sie sah wie dem Elfen das Schwert kraftlos aus der Hand glitt. Blut quoll aus einer tiefen Wunde zwischen seinen Fingern hindurch aus seinem Bauch. Schwankend war er dabei vornüber zu fallen, doch sie eilte zu ihm und stützte seinen zitternden, kraftlosen Körper.

Sein Blick war glasig, doch trotz der Schmerzen die er haben musste begann er zu sprechen „S… sakur… a… du… du musst… fliehen!"
Seine Augen blickten tief in Sakuras „Aber… was ist mit Vater und Mutter?! Hisaki! Was ist hier los?!"
Der Elf schüttelte den Kopf und sein

blutverschmiertes, schneeweißes Haar hing strähnig in sein Gesicht während er zu Boden blickte „Verzeih mir… ich… konnte nicht…"

Tränen stiegen in Sakuras goldgelbe Augen.

Ihre Eltern waren bereits tot? Ermordet von diesen Kreaturen?

„Nein!… das… das will ich nicht glauben!"

Hisaki packte Sakura und schüttelte sie an ihren Schultern „Reiß... dich... zusammen, verdammt! Deine… Eltern... sind tot… aber… du.. DU lebst! Flieh verdammt nochmal!… Rette... dich selbst…!"

Die Entschlossenheit in den fast schwarzen Augen des Elfen schien sie endlich aus ihrer Starre zu holen.

Wenn sie nun in ihrer Trauer versinken würde, wäre alles vorbei. Hisaki hatte Recht, sie lebte.

Sie biss sich auf ihre rosigen Lippen und drängte ihre Tränen entschlossen zurück.

„Wenn… wenn ich jetzt sterbe werde ich sie nie rächen können!… und ich lass dich hier nicht zurück!"

Sie packte Hisakis Arm und zog einen Teil seines Gewichtes auf ihre Schulter. Der junge Elf ächzte vor Schmerz auf, doch Sakura lies ihm keine Zeit sich zu beschweren. Sie mussten von hier fliehen, so schnell es ihnen nur möglich war.

Die junge Vampirin hastete während sie den Elfen stützte durch versteckte Pfade und inzwischen verlassene Gassen, hoffend außerhalb der Stadt Schutz und Hilfe zu finden. Sobald sie die Schatten der Kreaturen erblickte, verbarg sie sich in den Schatten der Gebäude und wartete auf ihre Chance unbemerkt weiterzugehen. Hisaki, der langsam am

Ende seiner Kräfte war und deutlich zu viel Blut verlor wurde von ihr völlig geistesabwesend mitgezogen und stolperte nur noch neben ihr her.

„Stirb mir nicht weg… bitte… du darfst mich jetzt nicht auch noch alleine lassen!" doch Sakura wusste nicht ob der junge Dunkelelf, den sie schon seit ihrer Geburt kannte sie überhaupt noch hörte.

Shuyar staunte nicht schlecht, als ihm nahe des Waldrandes völlig aufgelöst Sakura in die Arme stolperte. Nicht nur das, sie hatte einen schwer verletzten Elfen bei sich, den Shuyar als Leibwächter ihres Vaters wiedererkannte.

„S…shuyar?!" Sakura starrte ihn an, als glaubte sie eine Fata Morgana zu sehen. Ihre Überraschung wurde schnell von einem emotionalen Zusammenbruch verdrängt „Bei den Göttern, ich bin so froh dich zu sehen! Alle… alle sind tot! Es ist.. es ist so furchtbar!"

Tränen rannten ihre Wangen hinab und ihre Stimme wurde von einem Schluchzen erstickt.

Ein schwaches Stöhnen von der Seite lies sie jedoch ihre Nerven erneut sammeln.

„Bitte! Du musst mir helfen! Wenn wir nichts tun stirbt er!" Shuyar nickte hastig , er untersuchte kurz die Wunde und fluchte leise „Scheiße!… Schnell, wir müssen zurück zu Faith und Fircos!" Er wollte Sakura fragen was im Namen der Götter geschehen war, doch jetzt war weder der richtige Zeitpunkt und der richtige Ort dafür. Sie musste so schnell wie möglich zu Faith gelangen.

Er hoffte dass diese wieder so weit bei Kräften war um den Dunkelelfen vor dem sicheren Tod zu retten zu können.

Er übernahm Sakuras Platz und stütze den Verletzten während er Sakura zur Eile antrieb um so schnell wie möglich zu Fircos und Faith zurück zu kehren.

Sakura verstand nicht was hier vor sich ging. Noch weniger warum die drei hier überhaupt in dem Wald vor ihrer Heimatstadt waren. Shuyar lud sich ächzend Hisaki über seine schmalen Schultern, welcher kaum noch Reaktion zeigte und inzwischen mehr tot als lebendig war. So schnell es ihnen möglich war folgten sie dem Pfad zurück den Shuyar gekommen war, während Sakura mit gespannten Bogen neben ihm rannte und immer wieder ängstlich zurückblickte ob ihnen jemand oder etwas folgte.

„Bitte, lass es noch nicht zu spät sein!" Sakura vergrub ihr verweintes Gesicht an Fircos Schulter, welcher langsam wieder zu Kräften kam und seiner Verlobten sanft über den Kopf strich. Shuyar lief angespannt auf und ab, immer spähend ob ihnen jemand gefolgt war. Inzwischen war es stockdunkel, nur ein kleines hastig errichtetes Feuer spendete noch Licht und und das sanfte Leuchten welches von den Schwingen auf Faith's Rücken ausging.
Faith kniete an der Seite des Dunkelelfen und Schweiß perlte ihr zartes Gesicht hinab, während sie versuchte mit ihrer Magie die tödliche Wunde zu heilen.

Sakura war zuerst überrascht gewesen die gefiederten Flügel auf dem Rücken ihrer neuen Freundin zu sehen, doch in diesem Moment war es wichtiger, dass sie Hisaki zu retten versuchte.

Schließlich nahm sie ihre Hände von Hisakis Wunde und drehte sich Sakura zu „Er… schläft jetzt… es war verdammt knapp. Noch ein wenig länger und ich hätte ihn nicht mehr retten können." Ihre Flügel lösten sich in schnell verblassendes Licht auf und waren nicht mehr zu sehen.

„Wir… brauchen alle Ruhe…" schwerfällig stand sie auf und trottete zu Shuyar, der noch immer Wache hielt. Zaghaft lehnte sie ihren Kopf an seiner Schulter an. Keiner der beiden sagte ein Wort, doch dann rollten Tränen über ihre Wangen.

„Verzeih mir… das… das ist alles meine Schuld…"

Dann geschah etwas, das sie nicht erwartet hatte, denn Shuyar drehte sich zu ihr und schloss sie fest in seine Arme.

„Red nicht so einen Quatsch. Es ist nicht deine Schuld! Ohne dich… würden Fircos und Hisaki jetzt nicht mehr leben!"

Die Erleichterung stand in Sakuras Gesicht geschrieben. Erschöpft sah sie zu dem Dunkelelfen, der nun wieder ruhig und gleichmäßig atmete. Fircos hatte ihr erzählt was im Schloss geschehen war – auch das Faith scheinbar ein Engel war.

So betrachtet überraschten sie Faiths heilende Fähigkeiten nicht länger.

Aber sie war auch geistig und körperlich zu erschöpft um sich zu über das Geschehene zu wundern oder aufzuregen.

Nachdem Faith und Shuyar sich wieder zu ihnen ans Lagerfeuer gesellt hatten berichtete auch sie den Anwesenden was geschehen war, zumindest das Wenige, das sie wusste.

Sakura stand auf und ging neben Hisaki erneut in die Knie und strich vorsichtig über sein langes, weißes Haar. Sie war so froh dass er lebte, dass wenigstens einer außer ihr dieses Massaker überlebt hatte.

Bei den Gedanken an ihre Elten stiegen erneut die Tränen in ihre Augen, doch sie hielt sie erneut zurück.

Sie musste jetzt stark werden, stark genug um das Restliche zu beschützen was ihr lieb und teuer war – sie konnte es sich nicht mehr erlauben wie eine verwöhnte Göre andauernd zu weinen.

Tränen würden ihr nicht helfen.

Tränen würden niemanden zurückbringen.

Fircos blickte erschöpft seine Freunde an. Sie alle hatten heute alles verloren. Heim. Familie. Er hoffte nur dass der Elf etwas wusste, was Licht in dieses verwirrende Chaos bringen konnte, doch dazu mussten sie warten bis er erwachen würde.

5. Kapitel
'Auf neuen Pfaden'

Als Hisaki endlich zu sich kam war seine Verwirrung groß. Seine klaffende Bauchwunde, die hätte tödlich sein müssen war geschlossen und er lebte.

Dies allein war für den rationalen Dunkelelfen mehr als unerwartet. Behäbig richtete er sich noch etwas benommen auf um sehen zu können wo er eigentlich war.

„Hisaki!" Der Elf fuhr erschrocken zusammen, doch dann erkannte er welche Person so freudig seinen Namen gerufen hatte. Sakura rannte zu ihm, warf sich neben ihm ins Gras und umarmte ihn fest.

„Sakura... ihr lebt... welch Glück..." Ein sanftes Lächeln lag auf seinen Lippen, während Sakura aussah als würde sie vor Freude gleich weinen.

Sie lies ihn aus ihrer Umarmung frei und Hisaki sah sich erneut fragend um „Wo sind wir hier?"

Als sein müder Blick nun auf Fircos fiel der gerade eben wieder die Lichtung betrat nachdem er einige essbar anmutende Beeren gesammelt hatte, schüttelte der Elf nur verwirrt seinen Kopf.

„Ich... scheine eine Menge verpasst zu haben."

Der silberhaarige Junge lachte ihn jedoch nur erleichtert an „Willkommen zurück. Wir erklären dir alles, sobald mein Bruder und Faith wieder da sind."

Hisaki verstand gar nichts mehr „Wie bitte? Euer Bruder und das Menschenmädchen sind auch hier?"

Sakura musste lachen, als sie in das völlig verwirrte

Gesicht des weißhaarigen Elfen sah. Es gab eindeutig Einiges, das Erklärungsbedarf benötigte.

Shuyar hatte Faith gezwungen mit ihm zu kommen, denn hätte er sie bei den Anderen auf der Lichtung gelassen würde sie immer wieder all ihre Energie für die Heilung der Wunden verschwenden. Doch vorerst waren sie scheinbar alle außer Gefahr, Fircos war sogar schon wieder fit genug, dass er meinte die Umgebung überprüfen zu müssen. Sakura war weitgehend unverletzt und der Dunkelelf brauchte einfach nur noch etwas Ruhe. Im Moment war Faith also die Einzige, die wirklich ihre Energiereserven wiedergewinnen musste.

Ihr Blick war müde und unter ihren Augen zeichneten sich dunkle Augenringe ab. Shuyar hoffte dass sie nicht noch zusammenbrechen würde, weil sie sich zu viele Sorgen auf ihre schmalen Schultern lud.

Faith erschrak etwas als Shuyars Hand sich plötzlich um ihre legte. Ihr gingen so viele Gedanken durch den Kopf, dass sie kaum mehr unterscheiden konnte wo Himmel und Erde waren. Trotz Shuyars Worten war sie sicher, der Auslöser für all das Unglück gewesen zu sein. Doch er war hier bei ihr und seine Nähe gab ihr Kraft. Sie erwiderte den Druck seiner Hand und so standen sie einfach einige Zeit dort und keiner wagte es die Stille zu durchbrechen. Seine Hand welche die Ihrige fest hielt, lies in ihr das Gefühl der Sicherheit aufkeimen.

„Shuyar! Faith! Da seid ihr ja!" Sakuras aufgeregte Stimme durchbrach die Stille und Shuyar zog erschrocken seine Hand zurück „W… Was ist los Sakura?" Faith war etwas traurig dass er ihre Hand losgelassen hatte, aber umso niedlicher fand sie die nun rot glühenden Wangen des Grünhaarigen.

„Hisaki ist endlich aufgewacht! Fircos meinte es wäre Zeit zu planen wie wir weiter machen sollen…"

„Gut, wir kommen gleich mit…" nickte Shuyar und ging eilig voraus. Als Faith Sakura erreicht hatte, machte die Vampirin nur eine entschuldigende Geste „Tut mir leid, ich wollte euch nicht stören~~" doch sie konnte ihr keckes Grinsen nicht verbergen.

Nun musste auch Faith schmunzeln „Schon gut, lass uns einfach zu den anderen zurück gehen."

Faith war in diesem Moment einfach nur froh in Sakura eine so gute Freundin gefunden zu haben.

„Ich verstehe. Wer hätte ahnen können, dass sich Alles so entwickeln würde."

Hisaki schien seltsamer Weise nicht besonders überrascht als ihm das Geschehene geschildert wurde. Er fasste sich nachdenklich ans Kinn, während er tief in Gedanken schien. Sein Blick wanderte zu Sakura und er atmete einmal tief durch bevor er zu sprechen begann. „Sakura… ihr solltet wissen dass euer Vater seit geraumer Zeit die Rebellen unterstützt hat. Im Geheimen natürlich. Der gestrige Angriff war traurigerweise nur eine Frage der Zeit, doch wir hatten nicht so früh damit gerechnet. Noch dass er so verheerend sein würde. Wir waren völlig unvorbereitet."

Sakura stand ihre Überraschung ins Gesicht geschrieben „Mein Vater... hat die Rebellion unterstützt? W… warum hat er mir das nie erzählt?" Hisaki blickte zu Fircos und entgegnete nur ruhig „Ist das nicht offensichtlich? Eure Verbindung zum Kronprinzen war viel zu riskant, als das er euch in diese Sache hätte einweihen können. Er tat es um euch zu schützen."

Man konnte sehen wie der Gedanke an ihre Eltern Sakura mit Schmerz erfüllte. Ihre klaren, goldgelben Augen waren wässrig und sie Biss sich auf ihre Lippe um ihre Gefühle im Zaum zu halten. Der Schmerz des Verlustes war für sie einfach noch zu stark, das schreckliche Ereignis zu nah. Es würde noch lange dauern bis die junge Vampirin das Geschehene verarbeitet haben würde.

„Dann wäre es doch das sinnvollste, wenn wir diese Rebellen suchen oder?"

Fircos Aussage zog alle Blicke auf den jungen Dämon. „Die Rebellen? Suchen?" Shuyar schien nicht wirklich überzeugt, doch auch Faith schien äußerst unsicher „Vorausgesetzt dass sie uns helfen würden... wo sollen wir überhaupt suchen? Ich habe nicht die geringste Ahnung..."

Hisaki, der all die Zeit über tief in Gedanken schien, lenkte jedoch schließlich ein „Das... ist in unserer momentanen Lage wahrscheinlich unsere einzige Möglichkeit, mein Prinz."

Er sah die Zwillinge an als er weitersprach „Ich bin mir sicher dass sie uns Gehör schenken werden. Ich habe ihren Anführer bisher zwar nicht persönlich kennen gelernt, doch bisher nur Gutes über ihn gehört."

Shuyar blickte in die Runde. Das war also ihr nächstes Ziel? Sich der Rebellion gegen die Göttin Yugure anschließen? Er sah seinen Bruder unauffällig an, denn ein Bündnis hätte die Folge, dass sie früher oder später erneut ihrem Vater gegenüber stehen würden. Als Feinde.

Sein Herz schmerzte als er an das, was im Schloss geschehen war zurückdachte. Sein Vater, wie er sie in blinder Wut töten wollte. Auf der anderen Seite der Schmerz in seinen Augen, als er ihnen zur Flucht verholfen hatte. Inzwischen glaubte er dass viel mehr dahinter steckte als er bisher angenommen hatte. Er hatte all die Jahre geglaubt das sein Vater ihn einfach nur hassen würde. Doch in den Erinnerungsfetzen die er gesehen hatte und nun so klar waren wie nie zuvor war er anders gewesen. Genau wie in dem Moment bevor sein Zauber sie in diesen Wald gebracht hatte. Er war fest entschlossen das Geheimnis hinter all dem zu lüften, auch wenn ihn die Antworten weit in die dunkle Vergangenheit führen würden. Er würde die Wahrheit über seinen Vater herausfinden.

„Nun gut… dann ist dies unser nächstes Ziel. Besser als gar nichts würde ich sagen." lachte der Grünhaarige optimistisch auf und seine Freunde stimmten ihm nickend zu.

127

„Ich schlage vor dass wir heute zunächst noch hier rasten, bevor wir aufbrechen. Hisaki du solltest dich noch ausruhen. Du bist dem Tod gerade noch von der Klinge gesprungen."

Der Elf sah betreten zu Boden, denn ihm war nur zu gut bewusst dass er seinen Gegner unterschätzt hatte und ihn seine Unachtsamkeit fast sein Leben gekostet hatte. „Ihr habt Recht mein Prinz. Dieser Umstand beschämt mich zutiefst..."

„...Und eine Sache noch, Hisaki..." der Elf horchte auf „... wir sind keine 'Prinzen' mehr... wir sind auf einer Ebene - wir sind Freunde. Du brauchst uns nicht uns nicht so gewählt zu betiteln."

Hisaki legte seinen Kopf nachdenklich schräg, während er Shuyar ansah. „..Nun gut, ganz wie ih-... ganz wie du willst." schließlich musste auch er schmunzeln. Es war nicht leicht seine Gewohnheiten abzulegen, doch Shuyar und die anderen schienen sich so sichtbar wohler zu fühlen also würde er versuchen seiner Bitte nachzukommen.

Faith und Shuyar sammelten in der Nähe noch mehr Feuerholz für die Nacht, während Sakura und Fircos mit Armen voll Beeren und Pilzen zurückkehrten. Hisaki und Faith sortierten daraufhin knapp die Hälfte aus die ihrer Meinung nach auf jeden Fall giftig waren. Mit den wenigen Mitteln die sie hatten, saßen sie um das kleine Lagerfeuer und redeten über verschiedene Dinge. Doch sie sprachen nicht über die Tragödien, die vor kurzem ihre Leben völlig aus der Bahn geworfen hatten. Vor ein paar Tagen waren die

Zwillinge noch Prinzen und Sakura die Tochter eines Stadtherren. Nun versteckten sie sich wie gesuchte Verbrecher im Unterholz eines Waldes. Ohne Waffen, ohne Geld, ohne Ausrüstung und ohne einen Ort den sie noch ihr Zuhause nennen konnten.

Als die Nacht hereinbrach hielten sie abwechselnd Wache. Als Sakura Shuyar ablöste, rollte sich dieser in der Nähe des Feuers zusammen und versuchte etwas Schlaf zu finden.

Shuyar erwachte erneut in einem pechschwarzen Raum obwohl er sicher war dass er noch schlief.

Es ähnelte dem Traum den er auf der Waldlichtung hatte und doch war es vollkommen anders.

Er hörte Schritte hinter sich hallen und fuhr herum, doch was er sah lies seinen Körper sich verkrampft anspannen.

Einige Meter entfernt stand sein Vater und blickte ihn einfach nur an, als wagte er es nicht ihn auch nur anzusprechen. Doch etwas an ihm verwirrte Shuyar so sehr, dass er seine Verteidigung fallen lies — die Augen seines Vaters waren voller Trauer und Sorge.

Unsicher umfasste der silberhaarige Dämon seine zerkratzen Arme als seine leicht zitternde Stimme zu sprechen begann. Sein Vater wich Shuyars verstörtem Blick aus und blickte schuldbewusst zu Boden.

„Shuyar… mein Sohn… ich bin so froh… das du lebst… was ist mit … deinem Bruder? Was ist mit Fircos?"

War das ein Traum? Sein Vater... sorgte sich um ihn, er sorgte sich um sie beide? „Fircos lebt." Shuyars Antwort war kalt und knapp, denn noch immer verstand er nicht was hier gerade vor sich ging.

Doch mit einem Mal nickte sein Vater erleichtert. „Das... das ist gut. Ich hätte es mir nie verzeihen können, wenn..." er unterbrach mitten in seinen Satz und schüttelte energisch seinen Kopf „Nein, daran will ich nicht einmal denken..."

Der silberhaarige gehörnte Dämon hob nun schließlich seinen Kopf und blickte seinen Sohn an, mit Augen voller Wärme und Liebe.

Shuyars Stimme versagte, als er an die seltsamen Erinnerungen dachte die er in der Ruine gesehen hatte. Es war das selbe Lächeln und die gleiche Wärme die sein Vater nun ausstrahlte. Von seinen kalten Gesichtszügen die er all die Jahre getragen hatte war keine Spur. Shuyar blickte in ein sanftes Gesicht, welches ihn gequält anlächelte.

Der Körper des kleinen Grünhaarigen bewegte sich wie von selbst. Shuyar schritt zitternd nach vorne, erst langsam doch dann rannte er los und fiel seinem Vater in die Arme. Lance erwiderte die Umarmung, vergrub seine Nase in Shuyars grünen Haar und strich sanft über den Kopf seines Sohnes.

„Verzeih mir mein Sohn. Du musst das alles nur erleiden weil... ich nicht stark genug bin..."

Shuyar blickte auf als er etwas Feuchtes spürte und sah die Tränen die über die Wangen seines Vaters rollten. „Vater!"

Doch mit einem Mal schob sein Vater ihn von seiner Brust weg. „Er kommt… ich… ich muss gehen.
Ich weis nicht, ob ich mich ihm ein weiteres Mal widersetzen kann."

Er lächelte seinen Sohn traurig an während er ihm über die Wange strich.

Lance drückte seinem Spross etwas in seine Hände und hielt sie noch einen Moment fest umschlossen.

„Bitte nimm es. In deinen Händen ist es besser aufgehoben, mein lieber Shuyar…"

Tränen standen in Shuyars roten Augen, während er versuchte die Hände seines Vaters fest zu halten „Nein… nein geh… geh nicht… Pa.. Papa!" doch dann zog Lance seine Hände aus Shuyars zitterndem Griff und verschwand in der Dunkelheit.

Zitternd schrak Shuyar aus dem Schlaf hoch.

Es war nur ein Traum gewesen… was sollte es denn sonst gewesen sein? Wahrscheinlich versuchte ihm sein Kopf einen Streich zu spielen, indem er ihm eine solches Abbild seines Vaters im Traum zeigte um das Geschehene zu verarbeiten.

Er starrte in die schwachen Flammen des Lagerfeuers und wischte eine einzelne Träne von seiner Wange bis er merkte dass seine andere Hand etwas fest umklammert hielt.

Verwirrt öffnete er seine Hand und blickte auf eine silberne Kette. Die Halskette seines Vaters.

Zwei filigran gearbeitete Drachen schlangen sich um ein Schwert, ihre starken Flügel waren ausgebreitet und glänzten im Licht der Flammen.

„Vater… dann… war das kein Traum? Aber… aber wie…" es war kaum mehr als ein Flüstern das über die Lippen des Grünhaarigen schlich.

Er umklammerte den Kettenanhänger und kauerte sich zusammen. Dank diesem Traum war er nun verwirrter denn je. Vielleicht wäre es das Beste wenn er morgen mit seinem Bruder darüber reden würde. Doch erholsamen Schlaf fand der junge Dämon in dieser Nacht nicht mehr, zu viele Dinge gingen ihm durch den Kopf und hinderten ihn am einschlafen.

Faith Muskeln und Knochen schmerzten als sie erwachte. Die Nächte auf dem Waldboden waren nicht besonders bequem, doch immerhin schien sie nicht die Einzige zu sein die schlecht geschlafen hatte. Shuyars Haare standen in alle Richtungen davon und mit seinen Augenringen hätte man ihn schon für einen Untoten halten können.

Als sein müder Blick in ihre Richtung streifte und sie ihm freundlich zuwinkte murmelte er nur ein grummeliges „Guten Morgen…"

Faith kämpfte sich widerwillig auf die Beine und streckte sich ausgiebig um ihren Körper in Schwung zu bringen. Nach und nach erwachte auch der Rest der Truppe und auch Hisaki war zum ersten Mal seit Tagen auf den Beinen. Er schien zwar etwas verspannt, aber das war nichts was nicht von selbst heilen würde. Shuyar hatte ihr geradezu verboten ihre Heilmagie unnötig einzusetzen. Irgendwie hatte er ja Recht. Sie wussten nicht welche Gefahren sie noch erwarten würden, daher wollte sie ihre nun Kräfte für den Notfall aufsparen.

Noch immer war es für Faith ein befremdlicher Gedanke dass sie ein Engel war. Beziehungsweise dass Engelsblut durch ihre Adern floss.
Sie fühlte sich wie in einem Traum, doch sie war sich nicht sicher ob sie erwachen wollte oder nicht.
Sie hatte immer geglaubt dass es doch noch Engel geben müsste… aber selbst einer zu sein? Sie hatte keine Ahnung wohin ihre neu gewonnene Kraft sie führen würde. Faith befürchtete allein durch ihre Anwesenheit all ihre neuen Freunde in Gefahr zu bringen. Auf der anderen Seite waren sie Dämonen, aber auch nicht ihre Feinde. Sie musste wohl einfach abwarten , was das Schicksal für sie nun vorgesehen hatte.

„Wir brauchen unbedingt Waffen und ein paar Vorräte… Decken, Taschen… Irgendetwas. Wir haben kein Geld und ohne Ausrüstung kommen wir nicht weit." wandte der Elf ein als sie aufbrechen wollten. Shuyar blickte betrübt in die Runde, denn Hisaki hatte leider Recht auch wenn die einzige Möglichkeit diese Dinge zu finden in Cathral war. Oder zumindest in dem was von der Stadt noch übrig war.
„Cathral, was?" seufzte Fircos „Ich… würde gerne nachsehen ob es Überlebende gibt. Vielleicht brauchen sie unsere Hilfe." sprach Faith mit fester Stimme und Shuyar ahnte schon, dass er sie nicht davon abhalten konnte.
Auch Hisaki stand ächzend auf – Sakura mahnte ihn an sich auszuruhen, doch der Dunkelelf schlug diesen Rat in den Wind „Ich kann mich hier nicht ausruhen,

wenn ihr alle euch in Gefahr begebt. Ich werde euch helfen ob ihr wollt oder nicht.

Damit war er schon der zweite Sturkopf, bei dem jeder Versuch sinnlos war ihm sein Vorhaben auszureden. Shuyar seufzte kurz und beschloss dann das es Zeit wäre aufzubrechen „Gut, dann lasst uns gehen. Je schneller wir das hinter uns bringen, umso besser..."

Sie wanderten einige Zeit den Waldpfad entlang und erreichten bald dessen Grenzen. Ein gutes Stück entfernt schmiegte sich hinter der Ebene eine Stadt an die Abhänge einer Gebirgskette. Von der einstigen wohlhabenden Stadt waren nicht mehr als niedergebrannte Ruinen übrig. Sakura schluckte schwer, doch dann folgte sie den anderen zielstrebig in die Richtung ihrer zerstörten Heimatstadt.

Der Geruch von kaltem Rauch und verbrannten Fleisch hing noch immer schwer in der Luft als sie die einstigen Stadttore erreichten.

Vorsichtig stemmten sich die Jungs gegen die halb verkohlten Torflügel und öffneten den Weg hinein.

Sakuras Herz zog sich zusammen als sie die Ruinen der Stadt überblickte. Die Häuser und Läden waren zerstört und niedergebrannt. Überall waren Flecken getrockneten Blutes, doch nirgends sah man Leichen. Sie waren alle fort. Verbrannt oder gefressen von diesen seltsamen, dunklen Kreaturen. Ihr Magen verkrampfte sich, doch sie Zwang sich in all dem Schutt nach etwas zu suchen, das ihnen nützlich sein konnte.

Fircos und Hisaki kamen einige Zeit später auf sie zu und auf ihren hoffnungsvollen Blick schüttelten sie nur betrübt den Kopf. Sakura hätte am liebsten geweint, doch sie rief sich ihren Schwur erneut ins Gedächtnis und blinzelte die Tränen einfach davon.

Liebevoll griff ihr Verlobter nach ihrer Hand und legte ein rußverschmiertes Medaillon in ihre Hand.

Sakura strich über den Anhänger, der einst ihrer Mutter gehört hatte. Sie öffnete das Medaillon und strich mit ihren Fingerspitzen über das winzige Familienportrait das in seinem Inneren sorgfältig gezeichnet war. Durch die Hitze der Flammen waren Teile der Zeichnung angeschwärzt und aufgeplatzt, doch sie konnte noch immer die liebevollen Gesichter ihrer Eltern erkennen. Verbittert musste sie feststellen dass dieser Kettenanhänger und ihr Bogen das einzige war, das von ihrem bisherigen Leben übrig geblieben war. Sie würde diesen Kreaturen niemals vergeben. Eines Tages würde sie sich rächen.

Shuyar und Faith hatten einiges aus den Trümmern bergen können. Verschiedene Waffen, das eine oder andere Rüstungsteil. Decken und Taschen, sogar etwas Proviant hatte das verheerende Feuer überstanden. Hier und da fanden sie sogar Wertgegenstände die sie in einer anderen Stadt zu Geld machen konnten. Ihre alten Besitzer weilten nicht mehr unter den Lebenden und würden es ihnen sicher nicht übel nehmen, wenn es nun ihr Leben retten konnte.

Doch Faith hatte nicht einen einzigen Überlebenden gefunden. Traurig stand sie in dem Gerippe des verbrannten Holzhauses und strich über ein kleines rußiges Stoffpüppchen. Was war hier geschehen, dass nicht einmal kleine Kinder verschont wurden? Selbst die Ställe des Viehs waren leer und es krähte nicht einmal ein Vogel. Es war einfach so unglaublich grausam. Eine ganze Stadt war in einer einzigen Nacht ausgelöscht worden. Nicht einmal eine Spur ihrer Angreifer war übrig – Cathral war nun eine Geisterstadt die jeden Funken des Lebens verloren hatte „Faith? Alles in Ordnung?" Shuyars Stimme lies sie aufblicken. Behutsam setzte sie die kleine Puppe auf einer halbwegs sauberen Stelle ab und nickte dem grünhaarigen Dämon zu „Ja, alles in Ordnung."

Sie ging auf ihn zu und lehnte ihren Kopf an seine Schulter „Es ist nur… so viele sinnlose Tode… warum nur…" Shuyar schien nach den passenden Worten zu suchen, doch strich ihr dann nur sanft über ihren Kopf. „Ich… ich werde nicht zulassen dass so etwas noch einmal geschieht. Das verspreche ich dir."
Faith blickte auf und sah in Shuyars rote Augen. Sein Kinn zitterte leicht als sein Blick über die Zerstörung glitt. „Ich auch nicht… solange ich lebe werde ich so ein Unrecht nicht kampflos zulassen!"
Faith war selbst über den Zorn erstaunt der in ihrer Stimme mitschwang. Doch Shuyar nahm sie einfach bei der Hand und zog sie aus den Ruinen des Hauses.

Es dauerte eine Weile bis sie ihr gesammeltes Gut aufgeteilt hatten. Während sich die Männer die schweren Taschen mit Waffen und Proviant aufluden, trugen die Damen Beutel und Taschen mit Decken und den leichteren Dingen, welche sie mit sich nehmen wollten.

Als sie die Stadttore hinter sich liesen, blickten die fünf ein letztes Mal zurück und liesen die Trümmer der einst belebten Stadt hinter sich.

Die Brüder liefen einige Zeit nebeneinander her, als Shuyar endlich das Wort ergriff. „Bruder, ich muss mit dir reden…" seine Stimme klang ernst, daher hielt es Fircos für das Richtige, seinem Bruder dieses Mal keine alberne Antwort zu geben.

„Was gibt es denn Bruderherz?" „Sag… du verfügst doch über die selben Kräfte wie Vater. Könntest du jemanden in seinen Träumen aufsuchen?" Fircos schien über Shuyars Frage erstaunt und überlegte „Im Traum?… Nun ja, Vater gehört zur Rasse der Albtraumdämonen… aber meine Macht ist bei weitem nicht groß genug um so etwas zu tun. Zudem bin ich sicher, dass man dafür eine starke Verbindung zu der anderen Person braucht." seufzte Fircos.

„In dem Bereich bin ich so unbegabt, ich könnte sicher nicht einmal dich heimsuchen…"

Sein kleinerer Bruder wühlte in einer seiner Gürteltaschen und zog ein ihm bekanntes Schmuckstück hervor. Fircos rote Augen weiteten sich erschrocken als er nach dem Kettenanhänger griff. „Das… das gehört Vater… woher… Er konnte seine Frage nicht zu Ende stellen, da Shuyar ihn unterbrach. „Vater hat ihn mir gegeben. Heute Nacht. In einem Traum… Bruder, er war so anders! Er war

nicht so abweisend wie all die Jahre. Er hat sich um uns beide gesorgt. Er hat unseretwegen Tränen vergossen!... Ich... ich kann nicht glauben das dieses Traumbild und 'unser' Vater dieselbe Person sein können..." ungläubig wanderte Fircos Blick zwischen seinem Bruder und dem Schmuckstück hin und her.
Egal was sei Bruder heute Nacht gesehen hatte, es war kein Traum gewesen, denn der glänzende Anhänger den er in seiner Hand hielt bewies es.
Doch schließlich drückte es Shuyar wieder in die Hand „Wenn Vater ihn dir gegeben hat, solltest du ihn auch behalten."

Shuyar zögerte kurz, doch dann legte sich die Kette um seinen Hals und hielt den Anhänger noch immer fest umschlossen.
„Er... meinte das er bald entdeckt werden würde. Ich... ich hatte das Gefühl dass er vor Irgendetwas oder Irgendjemanden Angst hat... ich... ich wollte es glauben, dass er es wirklich ist."

Fircos legte seinen Arm um seinen Bruder und sprach leise „Dann glaube daran. Ich bin mir sicher... es gibt so vieles, das wir noch nicht verstehen. Aber eines Tages wird sich alles aufklären, da bin ich mir sicher!"
Zufrieden blickte Fircos in die nun optimistischen Augen seines kleinen Bruders. Solange sie einander hatten, würden sie mit allem zurechtkommen. Doch nach all dem was sein kleiner Bruder ihm erzählt hatte hoffte auch der Größere, dass in seinem Vater noch mehr steckte als der kaltherzige Tyrann.
Er wollte daran glauben, genau wie sein Bruder.

Sie folgten einiger Zeit der Straße nach Süden als sie erneut ein Waldstück durchquerten. Es war still, denn keiner Freunde wusste etwas zu sagen.

Zu sehr überschatteten sie noch immer die Geschehnisse der letzten Tage. Hisaki lief am Ende und hielt Ausschau nach möglichen Gefahren.

Doch seine Gedanken schweiften immer wieder ab, während er Sakura beobachtete die Hand in Hand mit ihrem Verlobten vor ihm lief.

'Verzeih mir… ich… ich konnte niemanden beschützen. Ich habe einfach nur versagt.''

Seine Schritte stoppten als er sich so seinen betrübten Gedanken verlor.

Der sonst so aufmerksame Elf bemerkte nicht einmal, dass sich etwas in den Baumkronen über ihm geschmeidig bewegte. Der Körper eines jungen Halbdämon schlängelte lautlos zu ihm hinab.

Es war ein Naga, ein Halbdämon dessen Unterkörper dem einer Schlange glich. Erst als sich zwei dünne Arme um seine Schultern legten und die unbekannte Stimme in sein Ohr flüsterte, bemerkte der Dunkelelf dass er nicht allein war. Doch die Worte des Naga liesen ihn erstarren. Mit einem Mal brach die Windmagie unkontrollierbar aus ihm hervor und er konnte sich weder stoppen noch seine Freunde warnen. Wie betäubt konnte Hisaki nur zusehen und den flüsternden Worten des Fremden lauschen.

Ein scharfer Windstoß schnitt sich durch die Gruppe. Sakura fiel kreischend auf die Knie während die anderen um ihre Balance kämpften. Entsetzt blickten sie hinter sich um den Ursprung des magischen Windangriffes zu sehen und sie sah Hisaki.

Vollkommen geistesabwesend starrte der Elf ins Leere, einzelne Tränen rollten seine Wangen hinab, doch er war nicht alleine.

Hinter seinem Rücken schlang ein Halbdämon mit langen feuerroten Haar seine schlanken blassen Arme um die Schultern des Dunkelelfen. Während der stechende Blick seiner türkisen Augen nicht von ihnen wich, schien er Hisaki etwas in sein Ohr zu flüstern. Der Weißhaarige schien von den Worten des Unbekannt wie gebannt und starrte regungslos ins Leere. Als wäre er nicht mehr als eine Marionette, kam von Hisaki keinerlei Gegenwehr als die Worte des Fremden ihn erneut zu einem weiteren magischen Angriff gegen seine Freunde trieben.

„HISAKI!!!" brüllte Sakura heraus und fast schien es als würde der Elf auf den Klang ihrer Stimme reagieren. Doch seine Windmagie wurde nur weiter verstärkt. Die scharfen Böen schnitten schmerzhaft in die Haut ein, doch Shuyar und Fircos kämpften sich immer weiter auf Hisaki zu.

Sakura konnte nur beobachten was geschah, während Faith sie wieder auf die Beine zog.

Der kleinere der Brüder wirkte einen Zauber und Hisakis Magie brach für einen kurzen Moment ein, Fircos ergriff die Chance und sprang auf die beiden Männer vor sich zu. In seiner Hand erschien sein dunkles Schwert mit dem auf die Personen vor ihm hinunter sprang und zustach.

Die Klinge hatte den Hals des Dunkelelfen nur um Haaresbreite verfehlt, stattdessen hatte sie sich durch die Schulter des fremden Dämons geschlagen

welcher laut fluchend zischte. Hisaki schien wieder zu Sinnen zu kommen, denn er stürzte nach vorn, wo er auch schon von Shuyar an den Schultern gepackt und zurückgezogen wurde.

Fircos zog die Klinge aus dem Angreifer und wollte mit dem nächsten Hieb nachsetzen, doch dann sah er die türkisen Augen die ihn anstarrten.

Der Naga mit dem feuerroten Haar lächelte und fegte die Krieger mit einem unglaublich starken Windhieb von den Füßen. Die Freunde schützen ihre Augen vor dem aufgewirbelten Staub und allem an Wald was der Windstoß noch mit sich riss.

Als Fircos wieder aufsprang und nach vorne stürzen wollte war der Halbdämon jedoch verschwunden. Sakura und Faith blickten suchend umher – der Angreifer hatte den Moment genutzt um zu flüchten. Die Mädchen schlossen zu den anderen auf und Faith war sichtlich erleichtert, dass niemand schwer verletzt war.

Sakura umklammerte Hisaki, welchem noch immer der Schock im Gesicht geschrieben stand. Bisher hatte er kein Wort über seine zitternden Lippen gebracht. „Es… es tut mir so leid…" seine sonst so starke Stimme bebte „Ich wollte euch nicht verletzen. Aber… ich konnte mich auch nicht wehren."

Shuyar sah dem Elfen tief in die Augen „Was hat er denn zu dir gesprochen dass er dich so kontrollieren konnte?"

Hisaki wich dem Blick des Grünhaarigen nervös aus „Ich… ich weis es nicht mehr… doch es fühlte sich so an als könnte er direkt in mein Innerstes sehen… all das, was ich zu verdrängen versuche… und dann… spürte ich nur noch wie ich die Kontrolle verlor…"

Fircos klopfte Hisaki freundschaftlich auf die Schulter „Hey, du bist nicht allein, vergiss das nicht. Dafür sind Freunde doch da!" sein Optimismus schien auch den Dunkelelf anzustecken. Der Dunkelhäutige nickte betreten als auch Sakura ihn endlich wieder los lies. Er blickte die Zwillinge an und sprach ein einziges Wort „Shadrahal."

Die beiden Dämonenzwillinge sahen ihn verwirrt an.

Hisaki fuhr fort „Ich kann mich kaum an etwas erinnern was er sagte… aber eines der wenigen Dinge die ich noch weis.… er sagte mir dass wir in Shadrahal das finden würden, das wir suchen…"

Die Anderen blickten sich irritiert an „Ich weis natürlich nicht wie weit wir den Worten Jemandes trauen können der uns aus dem Nichts angegriffen hat."

Die Männer blickten sich fragend an „Shadrahal ist die letzte große Stadt vor dem Grimholm-Pass…" erläuterte Shuyar. Fircos blickte Hisaki an „Was meinst du? sollen wir… dort hin?"

Hisaki schien noch unsicher, doch dann ergriff Faith das Wort „Gehen wir dort hin. Shadrahal ist genauso gut wie jede andere Stadt. Ich… ich glaube nicht dass er uns wirklich etwas Böses wollte. Zumindest sagt mir das mein Gefühl… ich… habe keine Bosheit gespürt…"

Die Anderen sahen Faith erstaunt an und stimmten ihr schließlich zu. Shadrahal, die auch als die Stadt des Handels bekannt war lag noch einige
Wegstunden entfernt – doch sie war nun ihr nächstes Ziel und je mehr Entfernung sie zwischen sich und dem Schloss der Dämonen bringen würden umso besser.

Hisaki blickte Faith an - auch sie schien über mehr besondere Gaben zu verfügen, als dass man ihr auf den ersten Blick zutrauen würde.
Denn auch er war insgeheim davon überzeugt, dass der Naga lediglich etwas hatte testen wollen.
Für böse Absichten… waren seine Worte viel zu sanft gewesen. Zwar hatte er all seine versteckten Gefühle an die Oberfläche gezerrt, doch er hatte ihn auch
beruhigt und ihm gezeigt dass er sich auf seine neuen Freunde verlassen konnte. Fast schon war er dem jungen Dämon dankbar, der genauso schnell und lautlos wieder verschwunden wie er aufgetaucht war. Fircos riss ihn jedoch aus seinen Gedanken und zog ihn vorwärts, denn sie hatten noch einen langen Weg vor sich.

Ein metallisches Funkeln zog jedoch die Aufmerksamkeit des Elfen auf sich und er bückte sich um den Gegenstand aufzuheben. Er klopfte vorsichtig etwas Erde ab und blickte überrascht auf einen kleinen Ohrring – reich verziert mit uralten Runen und winzigen Steinen schien er kostbar zu sein.

Er blickte suchend umher doch er wusste nicht woher sein Fundstück stammte. Schließlich verstaute er das Schmuckstück in einer seiner Gürteltaschen als er wieder zu den anderen aufschloss.

In den dichten Baumkronen schlängelte sich eine schlanke Gestalt auf einen der starken Äste und blickte den fünf Kämpfern interessiert nach.

Ein zufriedenes Lächeln lag auf dem zarten Gesicht des jungen Dämons, während seine Finger an seinem einzelnen Ohrring rieben.

Die Stichwunde auf der bis eben seine andere Hand gepresst hatte, hatte sich bereits wieder geschlossen. Zufrieden blickte er den Reisenden nach, bis seine türkisen Augen sie nicht mehr sehen konnten.

Der junge Dunkelelf faszinierte ihn nach wie vor, doch er freute sich dass es ihm anscheinend nun besser ging. Dafür war auch die hässliche Narbe die nun auf seiner Schulter zurückbleiben würde zu verkraften.

„Viel Glück... wir werden uns bald wieder sehen. Mögen die Götter über euch wachen."

Mit diesen Worten formten sich aus seinem Schlangenkörper zwei Beine und aus seinem Rücken wuchsen zwei starke, ledrige Schwingen die ihn hoch in die Luft hoben.

Sie hatten gerade das Waldstück verlassen als Hisaki sich umdrehte, da er glaubte ein Geräusch gehört zu haben.

Da er jedoch nichts Ungewöhnliches erspähen konnte, schüttelte der weißhaarige Dunkelelf nur den Kopf „Das habe ich mir sicher nur eingebildet. War bestimmt nur ein Vogel..."

Doch er konzentrierte sich nun lieber wieder auf den Weg, der vor ihnen lag.

6. Kapitel
'Jäger und Gejagte'

Lance blickte aus dem Fenster seines Thronsaales hinab auf das tosende Meer. Er beobachtete lächelnd wie die Brandung gegen die Klippen schlug und die Gischt wild auf den einrollenden Wellen tanzte. Doch sein Blick wandte sich der verhüllten Gestalt zu , die vor seinem Thron auf dem Boden niederkniete und auf seine Reaktion wartete.
Die Stimme des Vermummten, scheinbar ein Junger Mann, durchbrach die Stille „… Was erwartet ihr als Gegenleistung?"

Der silberhaarige Dämonenherrscher schlenderte lächelnd zu dem anderen und ging vor dem verhüllten Mann in die Hocke. Er hob mit einer Hand dessen Kinn an um ihm in die Augen zu sehen und strich verspielt über die Strähnen des blonden Haares, welche weich in das Gesicht des Kapuzenträgers fielen.

Trotz seines charmanten Lächelns flackerte etwas Bösartiges in seinen schmalen roten Augen auf.
„Du wirst für mich etwas beseitigen. Es geht um einige Personen… sie sind mir leider entkommen, aber ich bin mir sicher dass du sie aufspüren kannst. Ich würde es ja selbst tun, aber ich habe wichtigere Dinge zu erledigen. Töte sie. Jeden einzelnen von Ihnen. Die Wache außen wird dir nähere Informationen geben mein Lieber... "

Der Unbekannte schien von dem starren Blick der blutroten Augen unbeeindruckt „So sei es."
Er erhob sich und lies Lance einfach hocken.
Der junge Mann dessen Kapuze seines Umhanges noch immer tief ins Gesicht gezogen war, hielt jedoch noch einen Moment inne und wandte seine
Stimme erneut an den Dämonenherrn.
„Ich werde meinen Teil der Abmachung erfüllen. Also haltet euch an den euren..."
Das bedrohliche Gebrüll eines Drachen durchdrang die Schlossmauern und lies den Boden leicht beben.
Der gehörnte Silberhaarige erhob sich und schien höchst amüsiert. Natürlich. Aber enttäusche mich nicht." Lance lächelte dem jungen Mann nur hinterher, als dieser zielstrebig den Thronsaal verließ.

„Das ist unerwartet... feiern die Leute hier ein Fest?"
Shuyar fielen seine Augen fast aus dem Kopf. Sie hatten bis auf kleinere Monsterangriffe die Händlerstadt Shadrahal sicher erreicht. Doch was sich ihnen hier darbot übertraf alles was sie erwartet hatten. Die ganze Stadt feierte ein großes Fest. Überall waren Händler die an ihren Ständen ihre Waren anboten, es wurde Musik gespielt und getanzt. Die Häuser waren mit Fahnen und Blumen geschmückt und aus allen Richtungen roch es nach köstlichen Essen. Schnell stellte sich heraus das es das Fest der Götterdämmerung war, eine jährlich ausgetragene Feier um den Sieg der Götter im dunklen Zeitalter zu feiern. Scheinbar war noch nicht bekannt das Cathral vernichtet wurde, doch wer hätte es auch erzählen sollen?

Sie mischten sich unter die Menge und hatten Mühe nicht getrennt zu werden. Zuerst steuerten sie eine der kleineren Herbergen in den ruhigeren Seitenstraßen lagen an und glücklicherweise fanden sie noch eine Unterkunft mit freien Zimmern. Faith und Sakura beschlossen sich erst einmal zu waschen und auszuruhen, während die drei Männer sich aufteilten. Shuyar wollte ihre in Cathral gefundenen Waffen schärfen lassen, während Fircos versuchen wollte einige ihrer Fundstücke gegen Nützliches einzutauschen. Hisaki beschloss hingegen sich auf die Suche nach nützlichen Informationen zu machen die sie für ihre weitere Reise benötigen würden.

Shuyar begutachtete seine geschärfte Klinge. Der Waffenschmied hatte hervorragende Arbeit geleistet und seine Angebotspreise zum Fest waren ein wahres Schnäppchen. Er hatte alle Waffen schärfen lassen und nachdem er den Handwerker für seine Arbeit dankbar entlohnt hatte, wanderte sein Blick über all die Händlerstände. Alles was man sich auch nur vorstellen konnte wurde hier zum Kauf dargeboten. Von seltenen Gewürzen, feinsten Stoffen, exotischen Tieren bis zu Antiquitäten und Haushaltswaren war alles vertreten.
Einzig das Gedränge störte Shuyar im Moment, denn er war nicht besonders groß und so wurde er immer wieder geschoben und herumgeschubst. Nachdem er einige Male fast umgestoßen wurde, hatte er genug von all dem Trubel. Er beschloss daher so schnell wie möglich wieder zu seiner Herberge zurückzukehren und hoffte zumindest dass er annähernd in die

richtige Richtung lief. jedoch lies ihn das Gefühl nicht los, dass ihn jemand beobachtete. Doch wann immer sein Blick durch die Menge streifte konnte er nichts Außergewöhnliches feststellen. Aber allein der Gedanke beobachtet zu werden jagte ihm einen kalten Schauer seinen Rücken hinunter.

„Ich hoffe erneut Geschäfte mit euch machen zu dürfen!" Fircos bedankte sich ebenfalls bei dem freundlichen Händler und hatte schwer an seinen Einkäufen zu schleppen. Es hatte etwas gedauert bis er einen Händler gefunden hatte, der ihm einen guten Tausch für die Wertsachen angeboten hatte. Proviant, Medizin und Dinge fürs Lagerleben waren nur einige der Sachen, die er erworben hatte und es war sogar etwas Geld übrig geblieben. In Gedanken dankte er den Leuten in Cathral. Sie hatten bedauerlicherweise keinerlei Bedarf mehr an diesen Dingen gehabt, aber vielleicht konnten sie ihnen jetzt das Leben retten.

„AHHH!" Fircos zuckte zusammen als er einen erschrockenen weiblichen Aufschrei hörte. Anscheinend hatte er gerade eben eine Frau umgerannt, die er aufgrund seines überladenen Gepäcks nicht gesehen hatte. „Verzeiht mir! Habt ihr euch verletzt?" erschrocken stellte er seine Waren ab und half der jungen Frau wieder auf die Beine. Etwas überrascht von ihrem festen Händedruck blickte er in die zwei dunkelblauen Augen einer Halbdämonin. Sie war in einem engen bordeauxfarbenen Einteiler und einem knappen Lederrock gekleidet. Ihre hoch geschnürten Lederstiefel ergänzten zusammen mit ihren verstärkten Lederhandschuhen ihr gesamtes Erscheinungsbild. Doch am auffälligsten an der Halbdämonin mit dem langen schwarzen Haar waren wohl ihre langen Ohren und der Schwanz, welche an die eines Esels erinnerten.

„Keine Sorge, nichts passiert Schätzchen… du bist aber auch ganz schön beladen…" ihre Stimme wirkte verwundert als sie Fircos ebenfalls erstaunt musterte.

„Ja, verzeiht mir… ich habe wohl etwas beim Einkaufen übertrieben…" musste der silberhaarige Dämon schuldbewusst zugeben und entschuldigte sich höflich.

„Wo ist deine Herberge? Ich helfe dir~ ich hab im Moment eh nichts zu tun, mein Auftritt ist erst in ein paar Stunden." Noch ehe Fircos höflich ablehnen konnte, schulterte die hilfsbereite Eselsdame schon schwungvoll und mühelos einige von den erstandenen Waren und wies Fircos an, ihr den Weg zu weisen.

Normalerweise vermied Hisaki es, sich in einem solchen Gedränge zu bewegen. Doch es nutzte nichts, er musste versuchen einen Informanten zu finden der ihm weiterhelfen konnte. Nach einigen erfolglosen Anfragen wurde er zu einem Katzendämon verwiesen, welcher sein Quartier in einer der vom Stadtzentrum entfernten Seitengassen hatte. Er war sich nicht sicher ob er den richtigen Weg gegangen war, denn plötzlich stand er in dem Hinterhof einer Taverne in dem verschiedenste Holzfässer lagerten.

„Sieh an, sieh an… was haben wir denn hier?" ein

jung wirkender Mann mit weißblonden Haaren und Katzenohren sprang ihm urplötzlich vor die Füße und baute sich vor ihm auf, was durchaus beeindruckend gewesen wäre wenn der Halbdämon Hisaki nicht nur bis zu Brust gereicht hätte.

„Ein Dunkelelf… was verschlägt dich denn hierher… so weit von der Heimat entfernt?"

die zweite tiefere Stimme gehörte dem braungebrannten, schwarzhaarigen Mann welcher aus den Schatten der Gebäude trat. Über seiner Nase zur Stirn hin laufend prangte eine lange Narbe, seine eisblauen Augen starrten Hisaki musternd an. eine spitzen Tierohren und der Wolfsschwanz zeichneten ihn ebenfalls zweifellos als Halbdämonen aus und zuckten angespannt. Hisaki war durchaus beeindruckt – er hatte die Anwesenheit der beiden Halbdämonen bis zu ihrem Erscheinen nicht einmal bemerkt gehabt.

„Ich brauche Informationen. Man sagte mir dass ihr mir weiterhelfen könntet, Justin."

Der Katzenmensch horchte auf „Ach… sagt man das? … Nichts für ungut, aber es kann einem in diesen Zeiten leicht das Leben kosten, wenn man Informationen an den Falschen verkauft. Zu deinem Glück… weis ich wer du bist. Und vor allem mit wem du reist."

Der größere der Beiden lies Hisaki nicht aus dem Blick und schien argwöhnisch zu schnuppern, während der Elf nicht einmal zuckte. Das Einzige das ihn in diesem Moment wirklich beunruhigte war die Schnelligkeit mit der Informationen hier flossen.

Justin pfiff seine Begleitung zurück „Cole, lass ihn. Ich denke dass wir ihm vertrauen können..."

„Wie du meinst..." Der Wolfsdämon lies von Hisaki ab und gesellte sich neben seinen Partner der sich auf eines der hier lagernden Fässer gesetzt hatte.

„Hisaki, Erbe von Elysion… heute ist dein Glückstag. Ich werde dir helfen. Sagen wir einfach das sich unsere Interessen überschneiden." Neugierig fixierten seine grünen Katzenaugen den Elfen vor sich und seine Stimme klang fast schon wie ein Schnurren „So mein Lieber… wie kann ich dir helfen?"

„Dein Haar ist wirklich toll Faith!" schwärmte Sakura. Nachdem sie gebadet hatten, half sie Faith nun ihr langes weinrotes Haar zu kämmen. „Ach was… ich überlege ja öfters ob ich es abschneiden soll, es ist inzwischen so lang das es schon fast stört..." seufzte der Engel. „Nein, tu das bloß nicht! Du siehst so wunderbar mit deinem langen Haar aus… mir steht es einfach nicht..." entgegnete Sakura ihr ein bisschen neidisch.

Ihre wilden roten Locken waren bereits wieder getrocknet und standen frech davon, einzig ihr Pferdeschwänzchen im Nacken war noch nass. Ihre gewaschene Kleidung war dank der Wärme des sonnigen Tages bereits wieder fast trocken und die Mädchen fühlten sich sauber wieder deutlich wohler in ihrer Haut.

„Und… jetzt sag mal… wie läuft es bei dir und Shuyar?" hakte Sakura vorsichtig nach, doch Faith drehte sich erschrocken zu ihr um und wurde plötzlich knallrot während sie los stotterte „W..was meinst du? Was soll da laufen? Da ist nichts! W.. Wie kommst du darauf?"

„Ja klar… komm, du kannst es mir doch sagen~" hakte die Vampirin nach.

„Ich finde euch zwei so unglaublich süß zusammen. Ich denke dass er dich sehr mag."

Faith Wangen wurden immer roter und sie sah verlegen zu Boden. „Ich… weis nicht… ich mache ihm doch nichts als Ärger..." Sakura schnaubte energisch auf „Jetzt reiß dich mal zusammen Faith! Wenn ich ein Kerl wäre, hätte ich dich schon längst umworben! Hab mal etwas mehr Selbstvertrauen!"

Faith konnte nicht anders als Lachen. Sakuras offene Art wie sie ihre Gedanken einfach schnurstracks aussprach brachte sie immer wieder zum Schmunzeln. „Ja, du hast ja recht… lass uns doch mal nach unten gehen und schauen ob die Anderen schon zurück sind." Sakura nickte eifrig und flocht Faiths gekämmtes Haar rasch zu einem Zopf, damit ihre Arbeit nicht umsonst gewesen war.

Zu ihrem Erstaunen trafen sie auf Fircos welcher gerade seine Einkäufe ablud und neben ihm eine großgewachsene, attraktive Frau. Sakura beobachtete skeptisch wie er sich mit ihr unterhielt und lachte. Ihr Blick versuchte die Fremde einzuschätzen. Sie war dünn und schien äußerst athletisch zu sein. Doch am meisten störte Sakura der Ausmaß des Brustumfanges der Fremden. Sakuras Brüste waren zwar auch nicht klein, doch die Frau vor ihr übertraf sie bei weitem - sie war eifersüchtig und fürchtete dass diese Fremde versuchte, ihr ihren Verlobten auszuspannen.

„Oh Sakura! Ihr seid ja schon fertig!" freudig holte Fircos die beiden Mädchen heran als er sie bemerkt hatte. Sakuras Blick wirkte verkniffen und der junge Dämon wusste nicht was er jetzt wieder falsch gemacht hatte, ihm blieb nur das ungute Gefühl dass er später dafür büßen würde.
„Darf ich vorstellen? Das ist Kasca. Sie hat mir freundlicherweise beim tragen geholfen, nachdem ich etwas übertrieben hatte." „Und du mich umgerannt hast, vergiss das nicht Kleiner!" ergänzte die Eselsdame lachend.

Die junge Frau streckte Sakura freundlich ihre Hand zur Begrüßung entgegen „Du musst Sakura sein. Du solltest deinem Verlobten beibringen wann er beim Einkaufen aufhören sollte~ schön dich kennen zu lernen!" Sie zwinkerte kurz und Sakura erwiderte leicht lächelnd ihren festen Händedruck „Freut mich." Der Lockenkopf lies seine Verteidigung fallen, denn Kasca schien in Ordnung zu sein. Wahrscheinlich hatte sie sich wieder unnötige Gedanken gemacht. Zuletzt stellte sich Faith vor „Ich bin Faith. Sehr erfreut deine Bekanntschaft zu machen, Kasca." Fröhlich erwiderte die Halbdämonen die Begrüßung und wollte sich schon wieder verabschieden, doch die drei boten ihr für ihre Hilfe zumindest an mit ihnen zu essen. Kasca schien kurz zu überlegen doch dann nickte sie zufrieden. „Hmmm… ach egal, bei kostenlosen Essen sag ich nicht nein!" lachte die fröhliche Frau mit dem langen rabenschwarzen Haar in die Runde.

Shuyar und Hisaki waren mehr als überrascht ihre Freunde und eine Fremde beim Essen anzutreffen als sie wieder die Herberge betraten. Die beiden hatten sich zufällig einige Straßen vor der Herberge getroffen und waren umgehend wieder zusammen zurückgeeilt. „Wie ich sehe habt ihr auch ohne uns Spaß." Shuyars Stimme klang leicht pikiert, als sie den Tisch erreichten.

Die fremde Dämonin drehte sich zu ihm und sah ihn mit großen Augen an „Oh, du musst Shuyar sein! Deine Freunde haben schon viel von dir erzählt. Du bist ja wirklich so klein wie sie gesagt haben!"
Das Lächeln in Shuyars Gesicht wurde eisig als er in die Gesichter seiner Freunde sah, welche allesamt schuldbewusst seinem Blick auswichen.
„Ach ja… sagt man das?" „Entschuldige so war das doch nicht gemeint Süßer~ ich bin Kasca!" versuchte die Schwarzhaarige die Situation zu entschärfen und Shuyars Blick entspannte sich tatsächlich minimal.

„Meinen Namen kennst du ja schon." antwortete er knapp. Der Grünhaarige schien noch immer sichtbar angefressen zu sein. Hisaki nickte Kasca nur kurz zu und nannte seinen Namen. Er war extrem vorsichtig und schien er sich nicht sicher zu sein wie er auf die Fremde in ihrer Mitte reagieren sollte.
Auf einmal sprang die Halbdämonin auf „Oh! ich hab fast vergessen dass ich mich mit den Mädels noch

vorbereiten muss! Kommt doch in einer Stunde zum großen Platz und schaut euch die Show an!"

Mit diesen Worten sprang sie auch schon auf und rannte zur Tür, nur um sich noch einmal umzudrehen und den Freunden zum Abschied zu winken. „Was war DAS….?" Hisakis Stimme klang, als erwartete er eine Erklärung. Shuyar dagegen lies sich auf einen der freien Stühle fallen und bestellte sich noch sichtbar angefressen nun ebenfalls etwas zum Essen.

Nachdem er etwas im Magen hatte, schien der kleine Grünhaarige deutlich bessere Laune zu haben. Hisaki stocherte ein wenig lustlos in seinem Teller herum, offenbar schien er keinen besonders großen Hunger zu haben. „Bedrückt dich etwas Hisaki? Hast du vielleicht noch Schmerzen?" fragte Faith besorgt nach, doch der Dunkelelf schüttelte nur seinen Kopf. „Nein das ist es nicht. Ich... befürchte nur das wir bereits verfolgt werden."

Die Gesichter seiner Freunde wurden blass, Faith und Sakura legten ihr Besteck beiseite und blickten unsicher in die Runde. Die Stimmung war mit einem Schlag am Boden und die Blicke der Freunde wechselten unsicher hin und her.

„Verdammt…! Also doch..." zischte Shuyar. Auf die fragenden Blicke seines Bruders antwortete er nur „Vorhin… hatte ich das Gefühl beobachtet zu werden… ich dachte zwar es wäre meine Einbildung… aber… was wenn ich wirklich verfolgt wurde?!"

Der Elf seufzte „Das ist schlecht. Laut meinen Informationen wurden einige Personen

ausgesendet… um… uns zu folgen…"
„Um uns zu töten meinst du wohl eher…" korrigierte
Fircos die Aussage des Älteren. Hisaki lehnte sich in
seinen Stuhl zurück „Momentan feiern die Bewohner
hier das Fest der Götterdämmerung. In den Massen
kann sich ein Meuchelmörder nur allzu leicht
verstecken. Ich schlage vor dass wir so schnell wie
möglich weiterziehen. Noch heute."

Shuyar knurrte mürrisch in sich hinein, denn er hätte
gerne zumindest eine Nacht in den Betten geschlafen
die sie vor ein paar Stunden bereits im Voraus bezahlt
hatten. Doch wenn wirklich ein Auftragsmörder
hinter ihnen her war, wäre es das Beste Hisakis Rat zu
folgen.
„Und wohin?" grummelte der Grünschopf sichtbar
erschöpft. Die schwarzen Augen des Elfen fixierten
ihn als er antwortete „Über den Grimholm. Wir
überqueren die Gebirgskette am nahen Pass, reisen
an Cudessa und Ungthar entlang nach Süden. In den
großen Wäldern bei Reet sollten wir finden was wir
suchen."

Shuyar war beeindruckt. Hisaki hatte eine komplette
Reiseroute ausgearbeitet, während er selbst nur die
Waffen hatte schärfen lassen und Fircos beim
Einkaufen unschuldige Frauen umrannte. Er musste
zugeben dass er froh über die Anwesenheit des
Dunkelelfen war und einen so zuverlässigen
Kameraden an seiner Seite wissen konnte.
Der Blick in die erschöpften Gesichter seiner Freunde
bedrückte ihn zwar, aber sie konnten sich scheinbar

keine längere Rast mehr erlauben. Wenigstens hatten die Mädchen ein bisschen Zeit für sich gehabt und sich etwas erholen können.

„Dann lasst uns gehen. So schnell es uns möglich ist."

„Fircos, was hast du denn alles gekauft?" ächzte Sakura während Faith nur leicht angespannt lachte. Selbst nachdem sie ihre die alten Sachen aussortiert hatten, war es nun doppelt so viel Gepäck wie zuvor. Doch der Angesprochene hörte sie gar nicht, denn sein angespannter Blick versuchte die Massen um sie herum im Blick zu behalten. Den anderen beiden Männern stand ebenfalls die Anspannung in ihre Gesichter geschrieben. Faith blieb mit einem Mal stehen und sah auf den Platz vor ihnen. Sakura griff sie am Arm „Faith, komm! Wir müssen weiter!" Doch dann sah auch sie die Tänzerinnen, die in ihren schönen Kleidern und mit bunten Bändern graziös über die Bühne wirbelten.

Voller Lebenslust zogen sie mit ihren anmutigen Bewegungen alle Zuschauer in ihren Bann. Inmitten der tanzenden Frauen meinten die Beiden Kasca zu erkennen, doch sie waren zu weit entfernt um sicher zu sein. Gerne hätten die Mädchen den Tänzerinnen weiter zugesehen und wären wahrscheinlich vor Neid auf deren Können ganz grün geworden.

„Komm, weiter..." Faith wandte betrübt ihren Blick ab und die Beiden versuchten zu dem Rest ihrer Gruppe aufzuholen.

„Ihr habt es ja ganz schön eilig. Ihr verpasst ja noch die Aufführung."

Shuyar stoppte mitten in de Bewegung, während Hisaki sich schützend vor ihm aufbaute.

Vor ihnen stand ein junger Mann. Die Kapuze seines langen Umhanges war tief in sein Gesicht gezogen und verhinderte so neugierige Blicke auf seine Erscheinung.

„Geht bitte aus dem Weg. Unsere Gründe gehen euch nichts an." Hisakis Stimme klang angespannt, der Griff um seinen Stab festigte sich.

Der Kapuzenmann hob seinen Kopf an und gab den Blick auf seine zwei silbernen, raubtierartigen Augen frei.

„Tun sie das nicht? Ich denke schon!"

Seine geschuppten Hände griffen sich an seine Schulter und rissen den Mantel herunter - vor ihnen stand zweifellos ein Krieger des Drachenvolkes. Sein blondes Haar hing fransig in sein Gesicht , das an den Wangen mit dunklen, metallisch funkelnden Schuppen bedeckt war. Sein schlanker aber muskulöser Körper wurde nur von einem leichten, fremdländischen Wams verdeckt und ab der Hüfte abwärts formten sich seine Beine zu denen eines Drachen. Sein langer Drachenschweif peitschte angespannt umher, als er zwei Klingen aus seinen Hüftgurten zog ihnen zornig entgegen fauchte „Ihr entkommt mir nicht!"

Sakura stieß einen erschrockenen Schrei aus, als sie den Halbdrachen sah der sie bedrohte. Die Menschen und Dämonen um sie herum wichen erschrocken zur Seite und schrien wild durcheinander während sie

panisch in alle Richtungen flüchteten.
„Ich vermute dass du nicht allein bist?" Hisaki und die
anderen liesen ihr Gepäck fallen und griffen
ebenfalls zu ihren Waffen.
Der Drachenkrieger grinste den Elfen amüsiert an
„Ihr seid ja gar nicht so dumm wie ich erwartet hatte.
Natürlich bin ich nicht allein..."

Ein schriller Pfiff durchdrang die panischen Schreie
der Festbesucher und verhallte wieder.
Shuyar blickte den Drachenkrieger irritiert an,
während er seine Klinge fest im Griff hielt, doch mit
eine Mal durchdrang ein markerschütterndes Gebrüll
die Luft. Die Leute rannten panisch durcheinander,
als kurz vor der Bühne ein riesiger silberweißer
Drache zu Boden schnellte. Die Wucht seines
Aufpralls lies den Boden erzittern und der Schlag
seiner gefiederten Schwingen lies die einfachen
Marktstände in sich zusammenfallen. Der Hieb seines
Schwanzes lies das Holz der Bühne zersplittern und
riss riesige Trümmer hoch in die Luft.
„Was soll das?! Hör auf!" brüllte Shuyar „Du willst
uns, also lass die Stadtbewohner aus dem Spiel!!!"

„Du hast mir gar nichts zu befehlen! Ich erfülle nur
meinen Teil der Abmachung indem ich euch töte!
Etwas anderes kümmert mich nicht!" brüllte der
junge Krieger ihnen zornig entgegen, während der
grollende Drache hinter ihnen ebenfalls immer näher
kam.

Der Platz hatte sich geleert, denn die Leute waren vor Angst in die Gassen und Häuser geflüchtet und bis auf das Knurren des Drachen war lag mit einem Mal eine Totenstille über dem Festplatz.

Doch mit einem Mal huschte ein Schatten an dem Drachen vorbei auf die Freunde zu. Ein harter, schneller Tritt fegte den Halbdrachen von den Füßen und schleuderte ihn über die Pflastersteine des großen Marktplatzes.

Erschrocken blickten die Freunde nach vorn, nur um etwas zu sehen das sie nicht erwartet hatten.

Kasca stand in ihrem halb zerrissenen Kostüm vor ihnen, über und über mit teils blutverschmierten Kratzern übersät. Ihre Ohren zurückgelegt lies auch ihr Zittern auf den Zorn schließen der in ihr fast überkochte.

„Du Bastard! Wie kannst du es wagen!!!" das Leder ihrer Handschuhe knirschte unter dem Druck ihrer geballten Fäuste, als sie erneut nach dem Drachenkrieger ausholte.

„Chi! Komm!" schrie der Halbdrache und der Silberdrache sprang nach vorn und preschte durch die Gruppe, welche schreiend auseinander gestoßen wurden.

Kasca wich dem Tier mit einem geschickten Sprung aus, doch der Hieb des Schwanzes fegte sie von den Beinen. Shuyar sprang nach vorne um ihren Aufprall gegen eines der umgestoßenen Holzfässer zu verhindern und ächzte auf als sein Rücken gegen das Holz prallte. Sterne tanzten vor seinen Augen und er hörte Kascas Stimme wie sie seinen Namen rief.

Sie schüttelte an ihm und als er sich wieder auf die Beine kämpfte sah er wie die Halbdämonin einen ihrer Arme hielt welcher scheinbar verletzt war.

Ein starker Windstoß lies den Drachenkrieger zurücktaumeln - Hisaki sprang nach vorne und setzte mit einem Hieb seines Stabes nach, doch der andere Kämpfer wich knapp aus.
Fircos und Sakura konzentrierten sich auf den Drachen, welcher weiter erbarmungslos angriff. Sakura schoss aus sicherer Distanz Pfeile auf die geflügelte Echse, während der Silberhaarige versuchte eine Schwachstelle zwischen den gepanzerten Schuppen zu finden. Doch der Panzer des Drachen war zu dick und so prallten all ihre Schwerthiebe und Pfeile einfach wirkungslos ab.

Gerade als Shuyar sich mit Kascas Hilfe wieder auf die Beine gekämpft hatte, sprang ihr Angreifer auf sie zu und wollte seine Dolche niederschlagen.
Plötzlich wurde er von einer Lichtexplosion erfasst und zu Boden geschleudert. Als er sich
versuchte aufzurichten, blitzte schon die Klinge einer Hellebarde an seinem Hals auf. Faith stand hinter dem Drachenkrieger und hielt ihn am Boden,
während ihre hell leuchtenden Schwingen auf ihrem Rücken prangten. Erschrocken starrte der Krieger auf ihre Flügel, als konnte er nicht begreifen welches Wesen ihm das scharfe Metall an die Kehle drückte.

„Eine falsche Bewegung und ich werde keine Gnade zeigen. Ruf deinen Drachen zurück. Hör sofort auf mit diesem sinnlosen Kampf!"

Faiths Stimme war ungewohnt hart und kalt. Jedem Anwesenden war bewusst, dass die junge Frau es ernst meinte. Ein Blick des Drachenkriegers genügte und sein Drache stellte sämtliche Angriffe ein. Fircos und Sakura waren zwar noch immer kampfbereit, doch sie gingen vorsichtig auf Distanz. Hisaki eilte zu Faith und baute sich neben ihr auf.

„Das Volk der Drachenreiter hat sich einst der Neutralität verschworen. Warum willst du uns töten? Wir haben den Euren kein Leid zugefügt?!" Hisakis harte Stimmte richtete sich an den am Boden knienden Krieger, welcher nur abfällig in die Richtung des Dunkelelfen zischte.

„Warum?!" der Klang in Faith Stimme lies keine Zweifel offen dass sie genau in diesem Moment eine Antwort von dem jungen Halbdrachen verlangte der versucht hatte sie zu töten.

„Ich... habe keine Wahl. Ihr kennt weder mich noch mein Volk..." der blonde Drachenmensch lies ihre Frage einfach abprallen „Es… ES IST DER EINZIGE WEG!!! Nur so kann ich meinen Bruder retten!"

Faith blickte ihn erstaunt an „Deinen Bruder? Wie soll es deinen Bruder retten uns zu töten?"

„Das würde ich auch gerne wissen..." die Stimme gehörte Shuyar, der nun direkt vor dem Halbdrachen stand und noch immer seine Klinge gezogen hielt. Die

Eselsdame stand hinter ihm und hielt ihren geprellten Arm, doch ihr Blick war aufgebracht und voller Wut.

Es dauerte einen Moment bis der Fremde endlich weitersprach. Die Laute seines Drachen gingen fast in ein trauriges Winseln über, als fühlte das majestätische Tier mit seinem Meister mit.
„Er... ist schwer krank. Ich habe so lange nach einem Heilmittel gesucht… und der Herr der Dämonen versprach mir ihn zu heilen. Seine Bedingung war lediglich... dass ich euch töte."
Zum Erstaunen aller zog Faith ihre Waffe zurück und der Drachenkrieger umfasste ungläubig seinen Hals. Er konnte offenbar nicht begreifen dass sie ihn nun einfach freigab und verschonte. Unsicher wanderten die silberfarbenen Augen des jungen Kriegers von einem der Freunde zum andernen.

„Vater hat dich belogen… er… hat nicht die Macht jemanden zu heilen…" Bitterkeit schwang in der Stimme des Grünhaarigen mit „Er hat dich nur benutzt." Faith berührte sanft Kascas verwundeten Arm und nutzte ihre heilende Macht.
Überrascht bewegte die Schwarzhaarige nun scheinbar schmerzfrei ihren Arm und sah Faith verwundert an. Der Drachenmensch starrte sie finster an, doch dann zog sich ein makaberes Lächeln über seine Lippen. „Ich habe keine Lust mehr auf diesen Kampf. Ich bin es leid belogen zu werden..."
Faith blickte den jungen Krieger an „Es wäre möglich dass ich deinem Bruder helfen kann..." doch er

verschärfte nur seinen Blick und fauchte den rothaarigen Engel an „Als wenn ich euch auch nur in Rem's Nähe lassen würde….!"

„Das könntest du gar nicht – weil ihr hier alle sterben werdet."

Eine fremde, seltsam verzerrte Stimme hallte mit einem Mal über den fast leeren Platz. Wie aus dem Nichts, stieg ein dunkler Nebel aus dem Boden auf und hing schwer in der Luft.
Aus dem schwarzen Nebel trat eine Gestalt – sie wirkte fast wie ein Mensch und doch schien sie etwas vollkommen anderes zu sein. Ihr Körper und ihre ganze Erscheinung war komplett in Schwärze getaucht, das einzige Farbige waren ihre blutroten Augen welche boshaft in die Richtung der Kämpfer starrten.

„Was hat das zu bedeuten?!" zischte der Drachenkrieger zornig in die Richtung des fremden Wesens. Die schwarze, menschenähnliche Kreatur lachte nur boshaft auf „Mein Meister wusste das ihr unfähig seid… er meinte es wäre die perfekte Chance euch lästige Fliegen alle mit einem Schlag zu vernichten!" Die dunkle Kreatur hob ihren Arm und aus dem Nebel erschienen zahllose weitere ihrer Art. Sie unterschieden sich zwar in Größe und Gestalt, doch sie alle hatten eines gemeinsam – die tiefschwarze Haut und die roten Augen welche nach Blut gierten.

Sakuras Körper zitterte. Es waren die selben Kreaturen die ihre Eltern und die Stadtbewohner getötet hatten. Die Kreatur die gesprochen hatte... war genau jene die sie in Cathral in ihrem Zimmer angegriffen hatte, dessen war sie sich sicher.

Sie würde diesen abartigen Wesen nie verzeihen. In ihren Adern kochte die blinde Wut und sie konnte sich nicht mehr zurückhalten.

Sie spannte flink ihren Langbogen und legte einen Feuerzauber auf ihre Pfeile – ein Schauer aus flammenden Pfeilen regnete auf die dunklen Wesen herab. Das Wesen dass gesprochen hatte lag von den Geschossen übersät wie ein Nadelkissen am Boden. Die anderen Kreaturen blickten sich kurz verwirrt an, doch preschten dann zähnefletschend nach vorn.

Tränen rannten über die Wangen der rothaarigen Vampirin als sie schrie „Verreckt ihr Bastarde!!"

Keiner der aanderen hatte Sakura bis jetzt so aufgebracht erlebt.

Doch nun begann der wirkliche Kampf. Die schwarzen Wesen fielen über die kleine Gruppe her und trennten die Kämpfer voneinander.

Fircos Klinge zerteilte seine Gegner mittig während seine Verlobte zornig mit Pfeilen und Feuermagie um sich schoss. Hisaki hielt Faith und Kasca den Rücken frei, während Faiths weiße Magie die bösartigen Kreaturen zurückdrängte. Gleichzeitig lies die Halbdämonin jedem der ihr zu nah kam ihre Fäuste und Tritte spüren, wobei sie sich lautstark beschwerte in welche 'Scheiße' sie da wieder hinein geraten war. Einige der Kreaturen verbissen sich in den geschuppten Körper des Silberdrachens, welcher zornig aufbrüllte und versuchte die lästigen Angreifer abzuschütteln.

Shuyar und der Drachenkrieger wurden von den anderen abgedrängt und standen nun Rücken an Rücken. „So schnell ändern sich die Dinge, was?" lachte Shuyar sarkastisch auf.
Der Drachenkrieger schnaubte genervt und doch schien durchaus amüsiert. „Der Feind deines Feindes ist dein Freund... so ging doch dieses Menschensprichwort oder?"
„Darüber können wir diskutieren wenn diese Kreaturen dahin zurückgeschickt haben, wo sie herkamen!" und noch ehe Shuyar seinen Satz beendete stürmten die beiden neuen Verbündeten nach vorne und mähten ihre Gegner nieder.
Der Drache schien sich ebenfalls aus den Klauen der Kreaturen befreit zu haben und zerfleischte sie, ein weiterer Schwarm der sich Shuyar und seinem Meister näherte fegte er mit Schwanzhieben fort.
Die Kreaturen prallten an die Wände der Gebäude und blieben regungslos liegen, ehe sie sich langsam in schwarzen Rauch auflösten

Doch mit einem Mal hallten Schreie von überall her und panische Stadtbewohner rannten auf den Platz, denn auch in den Seitenstraßen waren die bösartigen Wesen erschienen und griffen die wehrlosen Zivilisten an. Die Stadtwachen kämpften verbissen, doch immer mehr der tapferen Kämpfer fielen den dunklen Kreaturen zum Opfer.

Kasca schrie entsetzt auf, als eine ihrer Tänzerinnen den Krallen eines Wesens nicht mehr entkommen konnte und blutüberströmt zu Boden fiel. Sie sprang nach vorne um den Leuten zu helfen und auch Hisaki hechtete los – er erwischte gerade noch einen kleines Dämonenkind bevor es die Klingen eines der schwarzen Monster taten und riss ihn aus der Bahn. Der kleine Katzenmensch klammerte sich verängstigt an Hisakis Weste und blickte panisch umher.

Sakuras schrie erschrocken auf, als sich eine der totgeglaubten Kreaturen vor sich aufbaute. Ihre Pfeilschüsse waren tödlich gewesen, doch das menschenähnliche Monster vor ihr schien einfach nicht aufzugeben zu wollen.
„D...dU klEinE SchLamPE...! IcH ReISs dIR dEinE EinGe-wEIdE heRauS!!! DiESeS MaL EnTKOmmSt dU Mir NiCHt!!" die Stimme des Monsters, das zuvor mit ihnen gesprochen hatte, klang nun noch verstörender als zuvor.
Aus seiner Hand wuchsen lange Krallen hervor mit welchen er auf die Vampirin niederschlug.
'Verdammt!... er ist zu nah!" Sakura riss schützend ihre Arme nach oben, doch der erwartete Krallenhieb blieb aus – Fircos Klinge hatte die Attacke im letzten Moment pariert, er rammte den Gegner mit einem Schulterstoß und brachte ihn zum taumeln bevor sein Schwerthieb nachsetzte.
Verstört blickte das dunkle Wesen auf seinen aufgeschlitzten Bauch, doch heraus trat nur schwarzer Nebel wie jener der über dem gesamten Platz hing.

„Stirb endlich!!!" Der magieverstärkte Hieb einer Hellebarde riss der Kreatur den Kopf von seinen Schultern. Faith atmete schwer, doch ihr Angriff hatte endlich Wirkung gezeigt. Die anderen Kreaturen schraken hoch und ihre rot starrenden Blicke wechselten zwischen Faith und ihrem enthaupteten Anführer.

Knurrend und zischend wichen die Bestien jedoch zurück und begannen sich erneut in schwarzen Nebel aufzulösen. Sie flohen.

Die Leiche des Anführers löste sich langsam ebenfalls vollständig in schwarzen Rauch auf. Zurück blieben nur die angerichtete Zerstörung, unzählige Verletzte und Tote.

„Mael!!" eine aufgebrachte Stimmte schrie in die Richtung der Gruppe und der kleine Dämon, der noch immer an Hisaki gehangen hatte sprang hinunter und rannte dem weißhaarigen Katzendämon in die Arme. Justin hob den Kleinen erleichtert hoch und hielt ihn fest in seinen Armen, während sein Wolfspartner leicht verletzt hinterher eilte.

„Danke... danke dass du ihn gerettet hast, Hisaki!" der weißhaarige Halbdämon stand vor dem Dunkelelf und verbeugte sich voller Dankbarkeit. Hisaki erwiderte nur erstaunt „Ich wusste nicht das er zu dir gehört – ich hätte es für jeden Anderen auch getan."

Freundlich lächelte ihn der sonst so ernste Informant an „Dennoch bin ich dankbar das du meinen Sohn gerettet hast." Hisakis Erstaunen war groß, doch der kleine Katzenjunge lächelte ihn nur an und bedanke sich ebenfalls höflich „Dankeschön Onkel!"

Hisaki konnte nicht anders als verlegen lachen, bevor er sich mit Justin und Cole aufmachte um den anderen Stadtbewohnern zu helfen die in dieses Chaos hineingeraten waren. „Wir brauchen hier drüben Hilfe!" Die Freunde eilten in alle Richtungen um den Verwundeten zu helfen, ausgebrochene Feuer zu löschen und Verschüttete unter den eingestürzten Gebäuden zu bergen. Innerhalb eines Augenblickes war aus einem freudigen Fest ein Ort der Zerstörung geworden.

Als Shuyar mithilfe seiner Wassermagie geholfen hatte, die ausgebrochenen Flammen zu löschen bemerkte er, dass der Drachenkrieger und dessen Reittier spurlos verschwunden waren. Doch er hatte keine Zeit um dem weitere Aufmerksamkeit zu schenken, denn er wurde im hier und jetzt gebraucht.

Kasca kauerte vor der Leiche einer jungen Dämonin, die einst ein Mitglied ihrer Tanzgruppe gewesen war. „Es… es tut mir so leid…." Tränen der Wut und Trauer rannten über ihre geröteten Wangen, als sie ihre verstorbene Kameradin aus ihrer Umarmung freigab. Andere Tänzerinnen umringten die beiden, sie weinten und kämpften darum die Fassung zu behalten. Jeder Außenstehende konnte sehen, dass sie füreinander eine Familie waren. Kasca stand auf und wischte sich zornig die Tränen aus ihrem Gesicht. Geladen stampfte sie in die Richtung der Freunde, welche einen kurzen Moment verschnauften. „Nehmt mich mit!!!" Shuyar starrte verwundert die größere Halbdämonin an, welche ihn nun an den Schultern gepackt hatte und zornig anfunkelte.

„Was? Wie?" Shuyar war sichtbar überfordert und so setzte die aufgebrachte Frau nach „Ich weis dass die Mistviecher wegen euch hier waren! Und ich weis dass ihr die einzigen seid die genug Eier in der Hose haben um ihnen entgegenzutreten!"

Verblüfft über ihre Ausdrucksweise blickten die Freunde leicht verstört auf die Schwarzhaarige, deren Stimme mit einem Mal versagte. Ihr Griff lockerte sich, als erneut die Tränen in ihre blauen Augen stiegen und sie mit ihrer Fassung rang.

„Bitte... ich will... ich muss sie rächen... es ist meine Schuld... ich konnte sie nicht beschützen obwohl ich es versprochen hatte... ich werde nicht ruhen bis ich diese verdammten Kreaturen erledigt habe!"

„Was ist mit deinen Freunden? Werden sie alleine ohne dich klarkommen?" fragte Fircos besorgt, doch Kasca schüttelte ihren Kopf.

„Sie sind starke Frauen... sie... brauchen mich nicht länger."

„Wenn ich ehrlich bin, stehe ich dem mit gemischten Gefühlen gegenüber... aber ich schätze das wir dich sowieso nicht davon abbringen können uns zu folgen." Shuyar klang überraschend einsichtig, aber es wäre ihm sicher sowieso nicht möglich gewesen Kasca umzustimmen. So war es also beschlossene Sache, das Kasca sie begleiten würde, doch zuvor wartete noch viel Arbeit auf die Gefährten.

Am nächsten Tag gingen die Aufbauarbeiten gut voran, die überlebenden Stadtwachen hatten sich neu formiert und patrouillierten beständig die

Straßen der Stadt, doch die dunklen Kreaturen hatten sich bisher nicht wieder gezeigt.

Nachdem die Opfer des Angriffes beigesetzt waren, fing das Leben langsam wieder an in seinen gewohnten Bahnen zu laufen. Auch wenn der Schrecken noch allgegenwärtig war – die Händler begannen wieder ihre Waren anzupreisen und Dienstboten erledigten eilig ihre Botengänge für ihre Herren. Handwerker und Bauern stürzten sich wieder in ihre Arbeit und auch in den Tavernen ging es erneut bunt zu. Shadrahal war wahrlich eine Stadt, die sich nicht unterkriegen lies.

Sie standen an den Stadttoren, als Kasca sich von ihrer Truppe verabschiedete. Doch es war keineswegs trauriger Abschied – die anderen Tänzerinnen zeigten ihren Optimismus und wünschten ihrer einstigen Anführerin sichere Reisen.

Kasca schulterte den großen Lederbeutel mit ihren Habseligkeiten und steuerte zielstrebig auf die Freunde zu. Motiviert nickte sie kurz in die Runde „Ich bin soweit. Lasst uns gehen!"

Shuyar war mehr als erstaunt, denn er hatte nicht erwartet, das ihre bunte Gruppe so schnell um ein weiteres Mitglied wachsen würde.

Seine Gedanken kreisten jedoch um die Überquerung des Grimholm-Passes und den Gefahren denen sie dort begegnen konnten.

Sie liefen einige Zeit entlang der Landstraße in Richtung Süden als sie vor sich zwei ihnen bekannte

173

Gestalten ausmachten. Ein silberner großer Drache mit gefiederten Flügeln kratzte sich genüsslich mit seinem Hinterlauf an seinem Kopf, während der junge Krieger ernst am Wegesrand stand und der sich nähernden Gruppe verbissen entgegenblickte.
Die Freunde wollten ihre Waffen zum Kampf zücken, doch Shuyar deutete ihnen an ihre Waffen zurückzuhalten.

Er ging einige Schritte voraus und hielt vor dem blonden Kämpfer an „Was willst du?" Shuyars Stimme klang harsch, doch das schien den anderen nicht zu beeindrucken „Ich wollte mich bei euch entschuldigen. Ich habe einen Fehler begangen. Meine Ehre gebietet es mir, euch nun um Verzeihung zu bitten." Höflich verbeugte sich der Drachenkrieger und sein Drache senkte ebenfalls sein Haupt.
„Chikara bittet euch ebenfalls um Verzeihung. Sie hegt keinerlei Groll gegen euch."

Shuyar war mehr als überrascht und als er unsicher zu seinen Freunden blickte sah er das es ihnen ebenfalls so erging. Kasca wirkte etwas zwiegespalten, doch sie schien die aufrichtige Entschuldigung des Blonden zu akzeptieren.
„Und um uns das zu sagen bist du geblieben?" auf Shuyars Frage hin richtete sich der Krieger wieder auf. Sein Blick wechselte zwischen den Gefährten hin und her und landete schlussendlich wieder bei dem Grünhaarigen.

„Ja, das bin ich." Shuyar seufzte, doch er blickte dem anderen tief in seine silbernen Augen „Wir nehmen deine Entschuldigung an."

Der Drachenkrieger nickte zufrieden und blickte in die Runde „Ich vermute euer Weg führt euch über den Grimholm?" Auf das Nicken der Freunde hin legte er seinen Kopf nachdenklich schräg „Zu Fuß ist das eine Reise von mindestens fünf Tagen."

Der Drachenreiter beäugte die ungleiche Gruppe kritisch, seufzte dann jedoch nur leicht genervt.

„Wie dem auch sei... Chikara und ich werden euch Fußvolk über den Berg bringen. Dort solltet ihr dann ohne Probleme eure Reise fortsetzen können. Seht es als Entschuldigung an, aber mehr kann ich nicht für euch tun."

Es war mit Sicherheit ein witziger Anblick den die Reisenden boten. Ein Silberdrache samt Reiter erhob sich hoch in die Lüfte, begleitet von drei fliegenden Gestalten – zwei Dämonen und einem Engel. Auf dem Drachen selbst klammerte sich der kleinere Dämon fast schon ängstlich an den Reiter, welcher dessen Angst mehr als amüsant fand.

Der Elf und die Halbdämonin versuchten nervös auf dem Rücken des Tieres Halt zu finden, während der Drache selbst in seinen Pranken die Habseligkeiten seiner Passagiere trug. Schwungvoll erhoben sie sich hoch in die Luft und liesen rasch die verschneiten Gipfel der hoch aufragenden Grimholm-Gebirgskette hinter sich.

Kascas und Hisakis Beine zitterten, als sie endlich wieder den Boden berührten während Shuyar aussah als müsste er sich gleich übergeben.
Der Drachenkrieger lachte nur amüsiert als die geflügelten Gefährten neben ihnen landeten.
Fircos strich seinem Bruder beruhigend über den Rücken während Faith und Sakura nach den anderen beiden Flugkranken sahen. So vorsichtig wie es ihm möglich war, legte der Drache die Lasten ab und schüttelte sich kräftig. Große weiße Federn stoben umher und wurden vom Wind fortgetragen.
Der Drachenreiter erklomm erneut die Schultern seines Tieres und nickte den Freunden nur zu.
Die silbernen Augen von Drachen und Reiter waren aufmerksam auf die Freunde gerichtet.

„Ich danke dir, du hast uns wirklich geholfen." wandte sich Shuyar dankbar an den blonden Krieger.
Dieser nickte nur kurz und fast konnte man schon meinen, ein Lächeln auf seinen Lippen zu erkennen.
„Kasumi."
Er sprach mit einer sanften Stimme und nickte Shuyar zu. Auf Shuyars verwirrten Gesichtsausdruck sprach der Andere weiter „Mein Name. Ich... werde vorerst weiter nach einem Heilmittel suchen... vielleicht kreuzen sich eines Tages unsere Wege erneut."
Der Silberdrache lies sein Brüllen ertönen und wirbelte Staub und Steine auf, als seine mächtigen Schwingen ihn wieder in die Luft hoben.
„Klar... man sieht sich..." flüsterte Shuyar nur, als sein Blick den beiden folgte bis ihre Umrisse am Horizont verschwunden waren.

7. Kapitel
'Der Anführer der Rebellen'

Sie folgten lange der ausgefahrenen Landstraße nach Süden. Die Nächte verbrachten sie abseits der Wege, denn die Freunde wollten keine unnötige Aufmerksamkeit auf sich ziehen. Die beiden Städte Cudessa und Ungthar umgingen sie weiträumig, denn sie wollten nicht herausfinden ob vielleicht noch mehr Attentäter auf ihre Fährte angesetzt worden waren und ihnen dort jemand auflauern würde.
Das Zusammentreffen mit dem Drachenkrieger hatte ihnen vorerst gereicht, auch wenn sie dadurch um eine motivierte Begleiterin reicher geworden waren und halbwegs glimpflich davon gekommen waren.
Was jedoch den jungen Angehörigen des Drachenvolkes anging, waren sie mehr als nur ratlos.

Kasca strich sich durch ihr rabenschwarzes Haar und ihre Ohren wackelten amüsiert im Wind. Sie reiste nun schon seit einigen Tagen mit den anderen und fühlte sich schon sichtbar wohl unter ihren neuen Freunden. Sie war überrascht dass Faith ein Engel war, doch das jüngere Mädchen war ihr bereits so ans Herz gewachsen wie eine eigene Tochter.
Auch Sakura mit der sie anfangs einige Startschwierigkeiten hatte, schien nun deutlich entspannter in ihrer Gesellschaft. Kasca beobachtete gerne die Brüder wie sie sich die ganze Zeit neckten um sich gegenseitig aufzubauen. Dann war da noch der schweigsame Elf der sie inzwischen auch zu

177

akzeptieren schien und ihr im Kampf gegen wilde Monster den Rücken freihielt.

Natürlich vermisste sie die Freunde aus ihrer alten Truppe oft, doch es war auf der anderen Seite auch erfrischend neue Leute um sich zu haben.

Sie war beeindruckt wie stark sie zusammenhielten und wie sie aufeinander Acht gaben. Fast könnte man meinen das sie ein Teil einer kleinen Familie wurde.

„Kasca, warst du eigentlich schon immer Tänzerin?" Faiths Stimme durchbrach ihre Gedanken.

Das Mädchen mit den weinroten Haaren schlenderte neben ihr her und suchte immer wieder das Gespräch mit ihr, was durchaus ein netter Zeitvertreib war. Wenn sie nicht gerade angreifende wilde Bestien oder Wegelagerer zurückschlagen mussten, marschierten sie zielstrebig die Pfade entlang und etwas Unterhaltung konnte nicht schaden.

Kasca stellte ihre Ohren auf und schien zu überlegen.

„Nun ja... ich wuchs elternlos auf, doch ich hatte eine große Schwester die immer auf mich aufgepasst hat. Aber sie starb während des Krieges, als sie den Leuten helfen wollte... und ich blieb allein zurück."

„Das... tut mir leid, ich hätte nicht fragen sollen..." Faith entschuldigte sich doch die Halbdämonin schüttelte nur ihren Kopf. „Nein, ist schon in Ordnung. Das... alles nun so lange her... inzwischen habe ich meinen Frieden damit geschlossen."

Sie schnaufte trotz ihrer Worte sichtbar bedrückt durch.

„Aber als sie... fort war, war es richtig hart.

Für fünfzehnjährige Mädchen ohne Heim und Familie gibt es nicht viel ehrbare Arbeit. Für etwas Geld und eine warme Mahlzeit... tut man alles. Vor allem wenn man kurz vor dem verhungern ist... doch ich habe durchgehalten und irgendwann andere Mädchen wie mich gefunden. So kam es dann eines Tages zu der Tanzgruppe."

Faith konnte nur vermuten wie viel Schmerz in der Vergangenheit der Älteren lag. Sie bewunderte die schwarzhaarige Eselsdame für ihre Stärke die sie zeigte, auch wenn sie über Dinge sprach die sie wohl am liebsten vergessen wollte.
Doch Kasca lächelte Faith nur verschmitzt an
„Der Rest ist nicht so interessant... aber jetzt erzähl doch mal etwas von dir Faith! Mich würde es schon richtig interessieren was du bisher so alles erlebt hast...."
Faith blickte sie erstaunt an, doch schien dann zu überlegen. „Hmm... ich bin nach dem Krieg bei einer älteren Dämonendame aufgewachsen, die mich damals gefunden und aufgenommen hatte. Leider verstarb sie vor einigen Jahren aufgrund ihres hohen Alters... und... an meine richtigen Eltern und die Zeit davor kann ich mich gar nicht erinnern."
Faiths Blick wanderte betreten zu Boden. „Dabei war ich doch schon vier Jahre alt als es geschah. Aber ich habe keinerlei Erinnerungen. Weder eine Stimme noch ein Gesicht."

Faith schrak aus ihren deprimierten Gedanken hoch, als Kasca ihr liebevoll durch ihr Haar wuschelte.

Die Ältere lächelte sie an und gab sich große Mühe ihre trübsinnigen Gedanken zu vertreiben.

„Deine Eltern wären sicher stolz zu sehen, zu was für einer starken jungen Frau du herangewachsen bist. Da bin ich mir ganz sicher!"

Faith blickte peinlich berührt zu Boden und wich Kascas Blick aus „Danke…. wenn du es sagst…"

Sie freute sich zwar über das Kompliment, doch sie war sich nicht sicher ob sie die selbe Meinung teilte. Sie fühlte sich weder stark noch glaubte sie dass sie in ihrem Leben bisher etwas besonderes erreicht hatte.

„Und jetzt Kopf hoch! Trübsal blasen hat noch keinem weiter geholfen!" sprudelte es aus Kasca heraus während sie Faith lachend mit sich zog.

Shuyar beobachtete das ganze mit einem leichten Lächeln auf seinem Gesicht. Er freute sich das Faith sich so gut mit Kasca zu verstehen schien. Die Halbdämonin brachte mit ihrer offenherzigen und direkten Art etwas Schwung in die Gruppe und lies es nicht zu dass man sich in seinen eigenen, düsteren Gedanken verlor. Es kam ihm wie eine Ewigkeit vor dass er Faith so hatte Lachen sehen – es war in den letzten Tagen einfach zu viel geschehen. Umso mehr freute er sich dass sie wieder zu ihren alten, aufgeweckten Ich zurückzufinden schien.

„Hey, mach den Mund zu es zieht!" boxte ihn Fircos scherzhaft in die Seite und grinste schelmisch über sein ganzes Gesicht.

Shuyar konnte gar nicht kontern als sein größerer Bruder ihn auch schon ihn den Schwitzkasten nahm und ihm ins Ohr flüsterte „Du darfst sie nicht immer nur anschauen, du musst auch mal etwas wagen! Sonst wird das nie etwas und am Ende schnappt sie dir jemand anderes vor deiner süßen Stupsnase weg!"

„Ach lass mich doch!" keifte Shuyar schroff zurück während er versuchte sich aus dem festen Griff seines Bruders zu lösen. Nicht nur von dem Gerangel wurde sein Kopf knallrot. War es wirklich so offensichtlich dass er Faith mochte? Er musste die meiste Zeit augenscheinlich dastehen wie ein Vollidiot falls er das rothaarige Mädchen wirklich so offensichtlich anglotzte. Doch Faith war ihm in der kurzen Zeit in der er sie kannte ihm so wichtig geworden, dass er einfach Angst hatte etwas falsch zu machen.

Zwischenmenschliche Beziehungen waren nicht unbedingt seine Stärke. Aber vielleicht hatte sein Zwillingsbruder ja Recht und er musste es endlich wagen einmal über seinen Schatten springen. Noch immer versuchte er sich aus dem schraubstockartigen Griff seines Bruders zu befreien und konnte dabei nur hören wie die anderen Freunde bereits über diese Darbietung zu Lachen begannen.

Aus seinen Augenwinkeln sah nur wie Hisaki schmunzelnd den Kopf schüttelte. Schließlich schaffte er es sich aus Fircos Griff zu winden und jagte seinem größeren Bruder einige Zeit auf der einsamen Land-straße hinterher.

„...Und ihr wollt wirklich... dort hinein?"

181

Sakuras Stimme klang verunsichert als sie vor dem Rand eines großen Nadelwaldes standen.

Lange waren sie der Straße in Richtung Süden gefolgt, nur um kurz vor dem kleinen Dorf Reet abzudrehen und sich dem großflächigen Waldgebiet zu nähern welches einen großen Teil dieser Region einnahm.

Anders als der helle Mischwald in der Nähe des Schlosses der Göttin oder Cathral war dieser Nadelwald düster und strahlte eine bedrückende Aura aus. Das Tageslicht der inzwischen schon wieder sinkenden Sonne drang kaum durch die dichten Baumkronen hindurch und bis auf einige halbhohe Gewächse schien dieser Wald gespenstisch kahl und verlassen. „Ich bin sicher, das wir hier richtig sind." antwortete der Dunkelelf während Shuyar nur kommentierte „Wir haben sowieso keine Wahl."

Kasca wedelte die ganze Zeit über wild um sich, denn sie glaubte ständig Spinnweben in ihrem Gesicht zu spüren und sie konnte Insekten nicht ausstehen.

Es war nicht so dass sie Angst vor ihnen hatte, es war vielmehr der Ekel der ihr Gänsehaut über den Rücken jagte. Je mehr Beine diese Untiere hatten, umso schlimmer. Der trockene Waldboden knisterte und knirschte unter jedem Schritt den sie taten in der vollkommenen Stille laut auf während sie sich ihren Weg durch Unterholz bahnten. Hisaki und Shuyar gingen voraus und formten für den Rest der Gruppe zielstrebig einen Weg, Fircos wirkte dagegen als hätte er schon längst die Orientierung verloren. Zumindest lies sein Kommentar „Also… für mich sieht das hier alles irgendwie gleich aus…?" darauf schließen.

Je tiefer die bunte Truppe in den Wald vordrang, umso dichter wurde das Gestrüpp und das Unterholz durch das sie sich kämpfen mussten um überhaupt vorwärts zu kommen.

Faith und Sakura fluchten immer wieder leise vor sich hin, während sie versuchten die Rockteile ihrer Gewänder aus den dornigen Ästen der Gestrüppe zu befreien.

Mit einem Mal zuckten Kascas große Ohren nervös auf und Hisaki hielt Shuyar zurück, als dieser weiter gehen wollte. Auf das fragende Gesicht des Kleineren antwortete der Elf nur knapp „Wir sind umzingelt."

Mit einem Mal erschienen wie aus dem Nichts mehrere gerüstete Krieger, welche ihre Waffen auf die Gruppe richteten.

Sie waren unterschiedlicher Rassen und auch trugen sie verschiedene Rüstungen – also konnten es zumindest kein Trupp des Schlosses sein, der sie eingekesselt hatte. Die einzige Gemeinsamkeit die Shuyar sofort ins Auge stach war, dass jeder der Krieger ein dünnes rotes Stoffbändchen trug, wenn auch an unterschiedlichen Stellen. Die Freunde drängten sich zusammen während die sie Faith und Sakura schützend in die Mitte schoben.

Einer der fremden Dämonen erhob schließlich seine Stimme ohne jedoch seine Waffe zurück zu ziehen „Die beiden Prinzen mit Gefolge nehme ich an?"

Shuyar und Fircos starrten den Fremden irritiert an, doch dieser sprach unbeirrt weiter „Verzeiht unsere Vorsicht. Folgt uns. Ihr werdet bereits erwartet."

Noch immer von den fremden Kriegern umringt, setzten die Freunde ihren Weg durch den dichten Wald fort. Keiner der Fremden hatte ein weiteres Wort gesprochen und auch keiner der Freunde wagte es einen Ton von sich zu geben. Shuyar schien vor Anspannung fast zu zerplatzen, während Fircos wachsam auf jede noch so winzige Bewegung der Wachen achtete. Hisakis Blick verfinsterte sich mit jeder Minute und einzig von Kasca hörte man vereinzelt immer wieder ein verächtliches oder genervtes Schnauben. Sakura lief dicht an ihren Verlobten gedrängt und griff sich verängstigt an seiner schwarzen Lederweste fest, während Faith nur nervös nach vorne starrte und versuchte auszumachen wo sie hingebracht wurden.

Sie wanderten gefühlte Stunden inzwischen orientierungslos durch das Dickicht, doch mit einem Mal meinten sie immer lauter werdende Geräusche zu vernehmen. Die dichte Vegetation des Waldes wurde mit einem Mal lichter und auch die hohen Nadelbäume machten einer nur leicht bewachsenen großen Lichtung platz.
Jetzt konnten die Freunde auch erkennen woher die Geräusche kamen die sie seit einiger Zeit hörten.
 Zwischen den Stämmen der Bäumen versteckt sahen sie helle Zeltplanen und beladene Planwagen mit allerlei Gütern, aus Holz erbaute Ställe für Reittiere und Unmengen von Personen aller Rassen die wild durcheinander eilten. Schwerter und andere Waffen schlugen klirrend in Übungskämpfen aufeinander, Schmiede und andere Handwerker arbeiteten

hochkonzentriert an verschiedenen Rüstungen und Waffen, während andere sich einfach nur um das leibliche Wohl der Krieger und der verschiedenen Arbeitstiere kümmerten. In einem etwas abseits gelegenen größeren Zelt pflegten verschiedene Personen die Verwundeten und wechselten behutsam die Verbände. Dies war also der versteckte Stützpunkt der Rebellion?

Doch all der Trubel verebbte mit einem Mal als die Gruppe den Rand des Lagers erreichte. Die Wachen deuteten den Freunden an ihnen zu folgen, doch sie hatten sowieso keine andere Wahl. All die Blicke der Rebellen liesen sie erschaudern. Viele waren einfach nur neugierig, manche wirkten hingegen ängstlich. Doch auch kritische und verärgerte Blicke lagen auf den Sechsen, sodass sie am liebsten im Erdboden verschwunden wären.

„Danke das ihr sie hergebracht habt. Ich übernehme sie jetzt."
Hisaki horchte auf als er eine ihm bekannte Stimme vernahm, doch durch die Wachen vor ihm konnte er deren Ursprung nicht sehen.
„Seid ihr sicher Lord Shanti?" entgegnete eine der Wachen kritisch, doch der Angesprochene lachte nur herzhaft auf „Klar, ich danke für eure Mühen. Doch es ist alles gut. Sie sind unsere Gäste und werden uns mit Sicherheit keine Probleme bereiten, das verspreche ich."
Die Wachen verneigten sich kurz respektvoll und

zogen sich zurück. Sie gaben schließlich den Blick auf die Quelle der freundlichen Stimme frei.

Ein junger Mann, der in etwa Shuyars Größe hatte lächelte hinter seinem kurzen feuerroten Haar hervor und seine stechend türkisfarbenen Augen blickten sie zufrieden an. Er wippte kurz etwas hin und her bis er völlig unbeschwert näher an die Freunde herantrat. Doch Hisaki konnte nicht anders als auf die große Narbe zu starren die sich auf der Schulter des jungen Mannes befand. Unter dem dichten, roten Haar blitzte ab und zu ein Ohrring hervor, dessen Gegenstück sich in einer seiner Gürteltaschen befand. Diese Erkenntnis lies Hisakis Hände sich um seinen Kampfstab verkrampfen.

„Schön das ihr hergefunden habt... entschuldigt bitte unsere Wachen. Sie sind nicht so grimmig wie sie aussehen, sie sind einfach nur vorsichtig~~"
Die Gruppe blickte jedoch nur verwirrt und angespannt in das Gesicht des kleinen Rotschopfes, welcher sie mit seinen großen erwartungsvoll Augen ansah.
„Was hat das zu bedeuten?" Hisaki blickte Shanti finster entgegen und hielt seine Waffe fest im Griff
„Warum... hast du uns damals bei Cathral angegriffen?" Erst jetzt schienen auch die anderen in dem vollkommen menschlich wirkenden Mann den fremden Naga wieder zu erkennen der sie zuvor im Wald angegriffen hatte.
Fircos starrte den Jungen ungläubig an „Warst du nicht ein... Naga?" doch der Kleine erwiderte nur

„Meine Gestalt zu ändern ist eine meiner Fähigkeiten. Ziemlich praktisch, nicht wahr?"
Einzig Kasca wusste nicht worum es eigentlich ging da dies wohl ein Ereignis vor ihrem Beitritt war und hielt sich daher lieber im Hintergrund.
„Tut mir leid wegen damals... aber ich musste etwas überprüfen~~" der Rotschopf lächelte sie noch immer entschuldigend an „Nehmt es mir bitte nicht übel! Glaubt mir bitte das ich euch sicher nichts Böses wollte!" er verbeugte sich entschuldigend und blickte die Freunde schuldbewusst an.
Allein die Offenheit des zierlichen jungen Mannes lies keinen Zweifel offen, dass er sie nicht anlog. Es war eine aufrichtige und ehrlich gemeinte Entschuldigung.

Hisaki nickte während er seinen Griff lockerte und schnaufte tief durch „Wie dem auch sei... wir müssen dringend mit eurem Anführer sprechen."
Shanti klatschte plötzlich freudig in die Hände
„Ah! Stimmt ja!… Folgt mir einfach, ich werde euch zu Aylon bringen. Er erwartet eure Ankunft bereits~"

Sie folgten dem Gestaltwandler eine kleine Anhöhe hinauf zu einem eher kleineren Zelt und blieben vor dessen Eingang kurz stehen. Als sich alle um den Eingang geschart hatten, deutete Shanti ihnen an einen Moment zu warten während er sie ankündigen wollte. Der fröhliche Rotschopf schlüpfte elegant unter der Zeltplane hindurch und verschwand kurz im Inneren. Nach einem kurzen Moment trat er wieder heraus und bat die Gruppe herein „Kommt ruhig rein,

Aylon wartet wie gesagt schon auf euch. Falls ihr mich suchen solltet - ich bin im Lager~~"
Mit diesen Worten verabschiedete sich Shanti vorerst von der Truppe, jedoch nicht ohne Hisaki noch einmal ein zweideutiges Zwinkern zuzuwerfen. Etwas irritiert von den eindeutigen Flirtversuchen des anderen betrat der Dunkelelf jedoch mit den Anderen ohne weiteres das Innere des Zeltes.

„Seid willkommen. Ich bin froh das ihr wohlbehalten eingetroffen seid."
Die ruhige Männerstimme die sie begrüßte stammte von einem jungen Mann, der kaum älter als die beiden Zwillinge wirkte. Eine großgewachsene menschliche Frau in starker Rüstung stand neben dem jungen Menschen mit den dunkelvioletten Haar wache, während sie kritisch in die Richtung der Freunde blickte.
„Und du bist?" platzte es geradeaus aus Shuyar heraus. Fircos deutete ihm an nicht so unhöflich zu sein, doch der kleinere der Brüder lies die Kritik seines Bruders einfach an sich abprallen. Ein Schmunzeln zog sich über die Lippen des Rebellen.
„Verzeiht meine Manieren. Ich bin Aylon und das neben mir ist meine rechte Hand Sierra. Ich bin derjenige, den ihr den Anführer der Rebellen nennt."

Das war als dieser mysteriöse Anführer. Shuyar hatte ihn sich irgendwie eindrucksvoller vorgestellt.
Er hatte einen Dämonen oder einen großen muskelbepackten Krieger mit Vollbart erwartet. Doch vor ihm stand ein Menschenkrieger. Er war in etwa so

groß wie Fircos, hatte einen ungesund blassen Teint und sein schwarz-lilanes Haar verbarg fast eine komplette Gesichtshälfte. Über seinem langen Kettenhemd trug er einen Brustpanzer aus leichtem Metall während an seiner Hüfte ein relativ schlichtes Schwert festgeschnallt war. Würde Aylon jetzt nicht in diesem Moment vor ihm stehen, würde er niemanden glauben, wenn man ihm sagen würde dass dies der berühmt-berüchtigte Anführer der Rebellion sei.

Nach einer gefühlten Ewigkeit des Schweigens meldete sich Faith zu Wort. „Ihr sagtet das ihr uns erwartet habt. Aber wie konntet ihr wissen das wir auf der Suche nach euch waren?"
Auch die anderen mussten zugeben das dies nur eine der vielen Fragen war, die ihnen durch ihre Köpfe jagten. Aylon überlegte kurz wie er sich am besten ausdrücken sollte. „Sagen wir es so – wir haben unsere Quellen. Und eine davon berichtete uns dass ihr uns aufsuchen würdet. Sie meinte übrigens, dass sie euch bereits schon einmal getroffen hätte, Prinz." Aylons Blick lag auf Shuyar welcher nur verwirrt entgegnete „Wer bitte soll das gewesen sein?"
„Lady Miraell. Sie meinte sie hätte euch bereits einmal aufgesucht und um eure Hilfe gebeten."

Mit einem Mal kamen die Erinnerungen zurück. Der Traum auf der Waldlichtung bevor er und Fircos die Ruinen erkundet hatten. Ein Engel der ihn im Traum um Hilfe gebeten hatte. Er hatte sich bis jetzt nicht genau daran erinnern können, doch als er diesen

Namen hörte, kamen die Erinnerungen mit einem Schlag zu ihm zurück.

„Was… aber das… ist doch gar nicht möglich…sie… sie meinte dass sie ein Engel sei…"

Shuyars Stimme war verunsichert als Aylon nur antwortete „Auch für uns ist allein ihre Existenz ein Rätsel. Schließlich glaubte man das alle Engel und deren Nachkommen vor 15 Jahren getötet wurden. Sie scheint mehr ein Geist zu sein, dennoch ist sie zweifelsfrei hier um uns zu helfen." sein Blick lag kurz auf Faith „Doch ihr seid der beste Beweis dass noch Engel unter uns leben. Die Gerüchte über eure Existenz breiten sich bereits aus…"

Sein Blick wanderte kurz über die verwirrten Gesichter der Freunde. „Lady Miraell sagte uns das ihr kommen würdet. Ihr, eurer Bruder und auch Faith." Faith entgegnete nur verwirrt „Was? Ich verstehe nicht… wer hat gewusst das ich hierher kommen würde? Wurden wir etwa beobachtet?" Doch Aylon erwiderte nur freundlich „Ich werde euch beizeiten alles sagen was ich weiß."

Der Blick seines sichtbaren grünen Auges wanderte schließlich zu Sakura und Hisaki, welcher neben der jungen Vampirin stand.

„Ich bedaure zutiefst den Verlust den ihr erleiden musstet Lady Sakura. Euer Vater war ein starker Verbündeter und sein Verlust wiegt noch immer schwer." Sakuras Augen wurden wässrig als sie erneut an den Tod ihrer Eltern erinnert wurde, welcher noch immer so nah in der Vergangenheit lag.

„Hätten wir geahnt das der Angriff des Dämonenlords
so früh stattfinden würde, hätten wir eingreifen
können. Unsere Männer informierten uns so schnell
es ihnen möglich war, doch die Zerstörung Cathrals
war eine so kurzfristige Entscheidung des
Dämonenlords dass auch sie darauf nicht vorbereitet
waren. So erreichte uns die Nachricht viel zu spät.
Leider auch für eure Familie und die Bürger Cathrals.
Doch ich bin froh das wenigstens ihr und Hisaki
überlebt habt. Ich bitte euch aufrichtig um
Vergebung..."

Sakura war erstaunt über den jungen Menschen vor
ihr. Er schien nicht nur genau zu wissen wer hier
alles vor ihm stand, auch sein Verhalten lies keinen
Zweifel aufkommen das er seine Worte ernst meinte.
Hätte er rechtzeitig davon gewusst, hätte dieser
Aylon sicher alles getan um den Bewohnern Cathrals
zu helfen.
Sakura biss sich auf ihre Lippe doch sprach dann mit
zitternder Stimme „Nein... euch trifft keine Schuld an
dem Geschehenen. Keiner hätte dies vorhersehen
können... es ist nicht eure Schuld..."

Aylon blickte auf und verbeugte sich höflich „Ihr seid
zu gütig." Shuyar war überrascht wie
selbstverständlich Aylon über Dinge zu sprechen
schien, für die viele Spione töten würden.
Auch wenn das Wissen, dass er scheinbar jahrelang
ohne je etwas zu merken mit Spionen im Schloss
gelebt hatte ein flaues Gefühl in seinem Magen

hinterließ. Offenbar schenkte er ihnen der junge Mann sein uneingeschränktes Vertrauen obwohl sie sich gerade das erste Mal getroffen hatten.
Viel mehr interessierte es Shuyar jedoch, welche Absichten der junge Anführer nun verfolgte.
„Ich habe eine Frage Aylon." wandte sich der junge Dämon an den Schwertkämpfer, welcher nur nickte „Welches Ziel verfolgt ihr hier eigentlich? Mein Bruder und ich sind die Erben des Dämonenthrones. Demnach sollten wir eigentlich die Letzten sein, die von den Rebellen Willkommen geheißen werden."

„Damit habt ihr wohl Recht Prinz. Aber es geht hier nicht einmal direkt um die Rebellion gegen den weltlichen Vertreter unserer Göttin."
Kasca war des langen Stehens wohl leid und setzte sich auf das Feldbett während die anderen ebenfalls bequemere Haltung einnahmen, denn dies schien eine längere Erklärung zu werden.
Aylon atmete tief durch „Wir glauben das die Göttin selbst von Etwas oder Jemanden kontrolliert… oder zumindest beeinflusst wird."

Faith blickte unsicher zu ihren Freunden „Kontrolliert? Aber… wer hat bitte die Macht eine Göttin zu kontrollieren?"
Doch Aylon sah ihr tief in die Augen „Die Wesen die wir die 'Dunklen' nennen. Ihr habt doch bereits gegen sie gekämpft…"
Sakuras Nackenhaare stellten sich auf als ihr bewusst wurde das Aylon auf die schwarzen Kreaturen anspielte, denen sie sich in Cathral und Shadrahal

gestellt hatten. Die abscheulichen Kreaturen die ihr alles genommen hatten. Das waren also die Dunklen aus den alten Sagen und Legenden?

„Ich dachte die Dunklen wären vor über 1000 Jahren von unseren Göttern besiegt worden? Wieso tauchen sie jetzt wieder auf?!" Sakuras bebende Stimme lies keine Zweifel offen dass sie noch immer einen unstillbaren Zorn gegen diese dunklen Wesen hegte. Aylon lehnte sich gegen den kleinen Schreibtisch hinter ihm als er weitersprach „Was wenn sie nie wirklich fort waren? Was wenn sie sich nur lange genug versteckt haben bis sie ihre neue Chance witterten?" Sein Blick wanderte erneut zu Faith „Schließlich dachte ganz Gaia bis vor kurzem auch das alle Engel vor 15 Jahren getötet wurden."

Aylons Blick wanderte zu den beiden Zwillingen, die ihn verunsichert anblickten. „Ich will ehrlich zu euch sein. Wir vermuten dass euer Vater, der Herr der Dämonen ebenfalls nicht mehr als ein Mittel zum Zweck ist. Eine Marionette, die vermutlich ebenso von einem der Dunklen kontrolliert wird."

Diese Vermutung traf Shuyar wie ein Schlag in sein Gesicht.

„Vater…. wird… kontrolliert?… Aber…"

So vieles würde mit einem Mal Sinn ergeben. Dass er so verändert von den Visionen der Vergangenheit war. Dass er mit einem Mal wie ein vollkommen anderer gewirkt hatte, als er sie aus dem Schloss gebracht hatte. Die Traurigkeit in seinen Augen als er ihn im Traum aufgesucht hatte. Und seine Angst von Jemanden entdeckt zu werden.

Aylon blickte die verunsicherten Gesichter der Freunde an und ging einige Schritte auf eine Truhe zu, die in einer Ecke des Zeltes stand. Er griff nach dem verschnürten, großen Stoffbündel und schritt zielstrebig auf Shuyar zu.

„Hier, dies ist für eure Hände bestimmt. Öffnet es."
Shuyar nahm irritiert den langen Gegenstand an, den Aylon ihn regelrecht in die Arme gedrückt hatte. Überrascht davon wie schwer das Bündel war, konnte er sich nicht vorstellen was darin verschnürt sein könnte. Etwas misstrauisch siegte jedoch schließlich seine Neugierde und zu seinem Erstaunen kam unter all dem groben Leinenstoff die helle Klinge eines großen Bihänders zum Vorschein.

„Dies ist der Götterschlächter. Die Klinge mit dem der Gott der Morgendämmerung, Yoake den letzten der Dunklen in der Schlacht vor über 1000 Jahren niederstreckte. Eine heilige Waffe der Götter."
erklärte Aylon. Shuyar war erstaunt wie federleicht der riesige Bihänder mit einem Mal wurde als seine Finger den Griff berührten. Plötzlich leuchtete die Klinge hell auf und schien seine Form zu ändern. Nachdem das blendende Licht wieder versiegte hielt der Grünhaarige zwei verzierte, silberfarbene Dolche in seinen Händen.
Vollkommen irritiert starrte er Aylon an, doch dieser zuckte nur mit den Schultern „Es ist eine Klinge der Götter mit einem eigenen Willen. Sie passt sich offensichtlich an dem Träger an, den sie erwählt hat.

'Die Klinge… hat mich erwählt?' Ungläubig starrte Shuyar auf die beiden filigran verzierten Dolche in seinen Händen. „Ich verstehe nicht…"

„Das ist nur selbstverständlich." beruhigte ihn Aylon mit seiner gefassten Stimme.

„Man könnte sagen das diese Klinge selbst lebt. Sie giert danach die Dunklen zu vernichten. Bei voller Kraft ist sie ihrem Namen nach wohl stark genug selbst Götter zu vernichten."

„Aber was soll ich-" doch Aylon lies Shuyar seine Frage nicht zu Ende sprechen, denn er unterbrach den Grünschopf „Kommt mit mir zu Übungsplatz."

Aylon starrte Shuyar tief in die Augen „Ich möchte mir selbst ein Bild von euch verschaffen, bevor wir dies hier weiter vertiefen. Überzeugt mich von eurer Macht und ich werde euch uneingeschränkt unterstützen."

Mit diesen Worten schritt Aylon ohne jedes weitere Wort zielstrebig durch die Freunde hindurch aus dem Zelt, während Sierra ihm etwas verdattert hastig hinterher eilte. Etwas überrumpelt stand Shuyar nun dort als seine Freunde sich um ihn scharrten.

„War… war das eine Aufforderung zu einem Duell?"

„Was bezweckt er damit?"

„Verarscht der uns?"

„Ist das wirklich eine Waffe der Götter?"

„Was tun wir denn jetzt?"

Seine Freunde diskutierten wild durcheinander und Shuyar drohte schon wieder Kopfschmerzen zu bekommen „Jetzt seid mal alle ruhig! Ich kann ja kein Wort verstehen!" keifte er heraus. Seine Gefährten verstummten mit einem Mal und blickten sich nur grübelnd und verunsichert an.

„Ich... gehe jetzt zu diesem Übungsplatz. Ich... will ihn nicht warten lassen."

Shuyar umgriff fest die Griffe der göttlichen Dolche und meinte zu fühlen wie eine fremde Macht ihn durchströmte. Doch es währte nur kurz und verebbte bereits wieder, nun war es so schwach und flüchtig das es kaum mehr spürbar war.

Die Anderen sahen sich ratlos an als Shuyar aus dem Zelt stürme und eilten schließlich ihrem Kameraden hinterher. Keiner wusste wie stark dieser Aylon war, doch er war sicher nicht ohne Grund der Anführer der Rebellen. Würde Shuyar gegen ihn bestehen können? Und was würde geschehen... wenn er dies nicht schaffte?

Die Leute hatten sich bereits um das abgezäunte Gelände des trockenen Platzes gesammelt und warteten aufgeregt auf den Beginn des Duells. Die Stimmen raunten laut durcheinander und bildeten eine gigantische Geräuschkulisse, doch Shuyar nahm all den Lärm gar nicht wahr. Sein Augenmerk lag einzig und allein auf dem größeren Menschenkrieger vor ihm, welcher langsam seine Schwertklinge aus der Scheide zog und ihn mit dem Blick seines grünen Auges fixierte.

Etwas verunsichert umklammerte Shuyar die Griffe der Dolche während er abwartete wie sein Gegner reagieren würde. Er konnte Aylon absolut nicht einschätzen – er würde warten müssen bis dieser seinen ersten Zug tun würde.

Faith stand besorgt ganz vorne am Zaun und hoffe nur inständig dass Shuyar nichts geschehen würde. Sie blickte in die Gesichter ihrer Freunde, die ebenfalls gebannt auf den Platz starrten und sah dass sie nicht allein so fühlte. Doch sie wollte an Shuyar glauben. Ja, sie glaubte an ihn und war sich sicher das sich alles zum Guten wenden würde.
Als die beiden Kämpfer schließlich aufeinander zusprangen und die Klingen aufeinander schlugen, verebbte mit einem Mal all der Lärm. Alle folgten hochkonzentriert den Kämpfern und dem Duell welches vor ihnen ausgetragen wurde. Keiner wagte auch nur ein Wort zu sagen.

Shuyar hatte große Mühe den flinken Schwerthieben Aylons auszuweichen. Sein Gegner war fast ebenso schnell und wendig wie er selbst und wich auch seinen Konterattacken geschickt aus.
Er versuchte die aufkeimende Wut in sich zu unterdrücken, doch auch der Blick seines Kontrahenten machte dies ihm fast unmöglich – Aylon sah ihn all die Zeit so abschätzend und nichtssagend an, dass es den jungen Dämon fast zur Weißglut trieb.
Gerade als er glaubte eine Lücke in der Verteidigung des Lilahaarigen gefunden zu haben und zustach, war Aylon aus seinem Blickfeld verschwunden. Irritiert starrte Shuyar ins Leere bis eine Stimme von hinten

an sein Ohr flüsterte „Ist das alles? Komm schon, ich weis dass viel mehr in dir steckt."

Verunsichert von den blitzschnellen Bewegungen des anderen, konnte Shuyar nicht schnell genug reagieren als der Schwertkämpfer mit einem Mal wieder vor ihm stand.

Shuyar spürte den Stoß eines Schwertknaufs in seiner Magengrube und sackte auf die Knie, als Aylon ihm seine Klinge an den Hals drückte. Scheinbar am Ende überschlugen sich die Gedanken des Dämons 'Was will er eigentlich?! Was soll ich ihm hier eigentlich beweisen?! Was will er von mir?!'

Aylons Schwertklinge hielt den knienden Shuyar am Boden, welcher anderen Kämpfer mit zusammengekniffenen Augen fuchtig anstarrte.

Shuyar wusste noch immer nicht was der Rebellenanführer mit diesem Kampf bezwecken wollte. Ebenso peitschte es ihn auf, dass dieser Mensch ihm im Kampf mehr als ebenbürtig war.

'Ist er… wirklich nur ein einfacher Mensch?' Shuyar hatte seinen Gedanken kaum zu Ende gebracht, als eine starke Windböe sich durch den Trainingsplatz schlug und den trockenen Staub aufwirbelte.

Shuyar blickte den jungen Mann über sich ungläubig an als der Windstoß sein Haar zur Seite wehte, welches er sonst über seiner rechten Gesichtshälfte gekämmt trug.

Sonst unter dem dichten schwarz-violetten Haar verborgen, blickte ihn eine eisblaue Iris gebettet in einem schwarzen Augapfel an. Unter dem starrenden Blick des ungleichen Augenpaares kam dem grünhaarigen Dämon nur eine Frage zischend über seine Lippen „Was... bist du eigentlich…?"

„Ich?" Aylon hielt kurz verwundert inne als würde er nach der richtigen Antwort suchen. Doch die unterschiedlichen Augen des Rebellenanführers hielten Shuyar fest im Blick „Ich bin ein Mensch." der verunsicherte Ton in seiner Stimme lies fast darauf schließen das Aylon jedoch selbst nicht wirklich an seine Antwort glaubte.
„Doch kannst du mit Sicherheit sagen dass nicht noch etwas anderes in dir steckt, 'Dämonen'prinz?"

Die Worte die Aylon ihm an den Kopf warf brachten ihn zum Nachdenken. Eben weil er ebenfalls keine eindeutige Antwort darauf zurückgeben konnte.
„Nein das kann ich nicht. Ich kann mich nicht an meine Mutter erinnern."
„Und ändert das etwas an deiner Überzeugung? An deinem Willen für etwas zu kämpfen?"
Aylons Fragen drangen durch seinen Kopf, doch Shuyar hatte seine Antwort bereits gefunden.
Mit einem Mal festigte er wieder sein Griff an seinen Dolchen - mit einem geschickten Hieb schlug er sich aus Aylons Haltegriff frei und hielt dem anderen nun ebenfalls eine seiner Klingen an dessen Hals.
Aylon blickte den Grünhaarigen erstaunt an als dieser weitersprach „Es ist doch egal wer man ist und woher man kommt. Es zählt einzig welches Ziel man anstrebt und was man aus seinem Leben macht das einem geschenkt wurde."

Zu Shuyars Verwunderung veränderte sich der Blick in den verschiedenfarbigen Augen des Rebellenanführers. Er meinte fast das der Mensch vor ihm ihn nun bestätigend anblickte während er nickte.
„Dann vergiss diese Erkenntnis niemals." seine Stimme hatte nun ebenfalls einen vollkommen zufrieden klingenden Unterton.
„Ich bitte euch uns eure Kraft zu leihen, Prinz."

Das war es gewesen? Aylon hatte ihn testen wollen? Der Anführer der Rebellen hatte weniger seine körperliche Kraft messen wollen wie er zuerst erwartet hatte. Er hatte sich wohl von der Stärke seines Herzen überzeugen wollen.
'Aber… ich habe jetzt auch erst wirklich verstanden das es viel mehr als nur Schwarz und Weiß gibt…
Man kann nicht einfach jemanden aufgrund dem was er ist verurteilen. Genauso wie Gut und Böse immer eine Frage des eigenen Standpunktes ist. Man muss hinterfragen und versuchen zu verstehen…'
Shuyar hätte sich selbst ohrfeigen können, dass ihm dieser Gedanke erst von einem Fremden eingebläut werden musste. Dabei wollte er ja selbst, dass man ihn nicht aufgrund seines Äußeren verurteilte.

„In Ordnung. Ich werde dir helfen. Aber nur unter einer Voraussetzung…" Shuyars Stimme drang hart durch die Stille. Aylon blickte entschlossen in seine roten Augen zurück „Und die wäre?"
Shuyar verzog genervt sein Gesicht als er tief seufzte „Hör auf mich Prinz zu nennen. Das geht mir tierisch auf die Nerven. Ich bin nichts besseres als ihr alle."

Ein Lächeln schlich sich auf Aylons Lippen als er zufrieden seine Klinge senkte und zurück in die Schwertscheide führte „Das müsste im Bereich des Möglichen liegen."

Shuyar steckte die Dolche in die Halterungen seines Gürtels und streckte Aylon freundschaftlich seine Hand entgegen, welche der andere dankbar ergriff und den festen Händedruck erwiderte.

„Na dann auf gute Zusammenarbeit." lächelte Shuyar verschmitzt während Aylon nur zufrieden nickte „Ganz meinerseits."

Aylon drehte sich der beobachtenden Menge zu und verkündete mit starker Stimme „Hört her! Die einstigen Kronprinzen der Dämonen sind nun unsere Verbündeten. Nun lasst uns mit aller Kraft vereint für eine friedliche Welt kämpfen!"

Und die Menge tobte. Sie jubelten Aylon, aber aber auch Shuyar zu, seine Freunde die sich außerhalb des Zaunes befanden wurden ebenfalls nun herzlich von den Rebellen in ihre Mitte aufgenommen. Hisaki hatte damit zu kämpfen seinen Arm aus dem Griff des aufdringlichen Shanti zu befreien, welcher wieder wie aus dem Nichts aufgetaucht war und regelrecht an ihm zu kleben schien. Shuyar konnte nicht anders als zufrieden zu lächeln. Nachdem er sich den Staub von der Kleidung geklopft hatte trat er vor Aylon und streckte ihm erneut die Hand entgegen „Das war ein guter Kampf. Ich würde gerne mal wieder mit dir trainieren."

Der Lilahaarige schien das erste Mal ehrlich zu lächeln als er Shuyars Hand ergriff.

„Gerne. Jederzeit mein Freund."

Es dämmerte bereits als die Freunde sich nach einem gemeinsamen Essen alle in einem Zelt einfanden, welches wohl sonst für taktische Besprechungen diente. Auf dem großen Holztisch waren verschiedenste Landkarten und Schriftstücke mit Notizen verteilt.
Faith versuchte sich einen Überblick zu verschaffen, doch sie tat sich schwer die verschiedenen Markierungen und hastig geschriebenen Notizen richtig zu zuordnen – was jedoch mehr an der unleserlichen Schrift Aylons lag.
„Wie geht es nun weiter?" fragte sie schließlich nachdem sie den Versuch aufgab aus dem hier herrschenden Chaos schlau zu werden.
Aylon räusperte sich bevor er zu sprechen begann und stellte sicher dass er die uneingeschränkte Aufmerksamkeit der Gefährten hatte. „Jetzt, da ihr hier seid, gibt es im Grunde zwei sehr wichtige Ziele die wir verfolgen müssen. Zum einen ist es essenziell noch mehr Verbündete zu gewinnen. Die Vampire, die Dunkelelfen und die Drachenreiter... um nur einige zu nennen. Das andere Ziel ist das vollständige Erwachen des Götterschlächters herbeizuführen."

„Und wie genau soll das möglich sein?" Hisakis Stimme klang kritisch, als erwartete er eine Antwort die ihn überzeugen musste. Aylon schmunzelte den aufmerksamen Elfen an und sprach ruhig weiter „Glücklicherweise ist das etwas, bei dem Lady Miraell uns eine große Hilfe war. Ich gehe davon aus das ihr alle wisst, dass die göttlichen Zwillinge nach dem Sieg über die Dunklen einen Teil ihrer Macht mit den Bewohnern dieses Planeten teilten?"

„Ja, so sind nach den Legenden unter anderem die Dämonen und Engel entstanden, wenn ich mich nicht irre…" äußerte sich Faith nachdenklich und auch die anderen schienen sich die alten Legenden in Erinnerung zu rufen.

„Es ist nicht nur eine Legende. Was aber bisher nicht bekannt war dass diese Engel welche als Elementare bekannt waren, Teile dieser Macht direkt in ihren Seelen trugen… und eben diese stammte ursprünglich aus dem Götterschlächter. Yoake wollte wohl verhindern das diese übermächtige Klinge in falsche Hände geraten würde falls er sie aus irgendeinem Grund verlieren sollte."

Faith fasste sich an die Brust und schien tief in Gedanken. 'Und dann verschwand er. Es ist traurig dass seine Sorge sich bestätigt hatte. Doch… immer wenn ich den Namen dieses Gottes höre fühle ich mich so seltsam ruhig. Ist es weil ich ihm meine Kraft als Engel verdanke?'

„Faith? Alles in Ordnung?" Shuyars Stimme riss sie aus ihren Gedanken. Sie blickte in das Gesicht des grünhaarigen Dämonen und in dessen rote Katzenaugen in denen sich die Sorge spiegelte.

„Ja, keine Sorge es ist alles gut. Ich war nur kurz in Gedanken…" lächelte sie ihn an. Nach einem kurzen kritischen Blick lächelte der Grünschopf nur zurück „Na dann ist ja gut. Also wo waren wir?"

203

„Bei den Elementaren. Aber sie wurden doch ebenfalls vor 15 Jahren getötet – wie sollen wir bitteschön ihre Macht für uns gewinnen?" Fircos Frage klang einleuchtend und ungewohnt überlegt für den sonst so unbekümmerten wirkenden Jungdämon.

„Ist euch nie in den Sinn gekommen was der Grund für all die immer häufiger auftretenden Naturkatastrophen sein könnte, die unsere Länder heimsuchen?" warf Aylon fragend in die Runde.

Hisaki verschränkte nachdenklich seine Arme und schien zu überlegen „Du meinst… die tobenden Stürme auf dem Sol-Syrt Gerbirge… die andauernden Vulkanausbrüche auf den Inseln bei Arland…"

„Genau. Ebenso wie die schweren Stürme auf dem Meer nahe Cudessa. Die verheerenden Erdbeben in der südlichen Wüste. Alles liegt in unmittelbarer Umgebung der Heiligtümer, die einst dort errichtet wurden um die Götter und die Elementare zu ehren."

Kasca fuhr sich über ihre fröstelnden Arme „Du meintest… das diese Miraell ein Geist ist… bedeutet das etwa, das dort immer noch die Seelen dieser Engel herumspuken und für diese Zerstörung sorgen?" Aylon nickte der Halbdämonin zu „Genau das ist unsere Vermutung. Deswegen müssen wir sie bezwingen. Bevor sie noch mehr außer Kontrolle geraten und die Zerstörung die sie anrichten noch schlimmer wird."

Die anderen blickten sich unsicher an. Lebende Gegner besiegen war kein Problem, Wesen der Dunklen zu erschlagen war schwierig aber nicht unmöglich. Aber Geister? Wie sollte man die Seelen der Toten besiegen die noch immer in dieser Welt gefangen waren?

Shuyar blickte mit einem Mal aus seinem Grübeln auf „Lass mich raten… dafür... braucht man den Götterschlächter. Für eine Klinge die selbst Götter und dunkle Herrscher töten kann, dürften ein paar ruhelose Seelen kein Problem darstellen."

„Du hast es erfasst Shuyar. Die Waffe sehnt sich danach wieder vollständig zu sein. Wir vermuten dass die Seelen nur durch die Macht die sie einst von Yoake erhalten hatten noch hier in dieser Welt sind. Die Klinge wird ihnen diese Macht nehmen und sie hoffentlich endlich in Frieden ruhen lassen."

„Also stärken wir die Waffe, erlösen geplagte Seelen und retten nebenbei noch unschuldige Leben? Klingt ja fast schon zu gut um wahr zu sein." kommentierte Sakura mehr als kritisch.

„Nun ja... ich glaube kaum das sie uns ihre Macht friedlich überlassen werden. Sie sind… scheinbar gefangen in den Gefühlen ihres Todes. Hass, Furcht, Zorn… und wer weis was noch alles. Es wird nicht einfach werden sie überhaupt zu erreichen, geschweige denn zu bezwingen. Doch wir haben keine Wahl wenn wir unsere Welt vor den Dunklen retten wollen." seufzte Aylon dem bewusst war, dass schwierige Aufgaben vor ihnen lagen und wie viel er von seinen neuen Verbündeten erwartete.

„Wir sollten uns aufteilen." Die Freunde drehten ihre Köpfe zu dem kleineren grünhaarigen Dämon und starrten ihn an, als wäre dies das erste Intelligente das er in seinem Leben gesagt hatte. Shuyar beschloss die irritierten Blicke zu ignorieren und erklärte sich weiter „Erstens ist unsere große Gruppe viel zu auffällig und so könnten wir gleichzeitig beide Ziele verfolgen."

Aylon nickte bestätigend als er Shuyar ergänzte „Es ist sowieso schon ein Rennen gegen die Zeit. Wir wissen nicht, wann die Dunklen das nächste Mal zuschlagen werden... ich bin mir sicher das auch sie bereits ihre Streitkräfte sammeln."

Shuyar strich sich durch sein dunkelgrünes Haar und seufzte tief „Ich... würde gerne nach den Essenzen der Elementaren suchen... wenn der Götterschlächter unsere einzige Chance ist... muss er seine volle Kraft entfalten..." Faith sprang regelrecht von der Sitzbank auf „Dann komme ich mit dir Shuyar! Ich bin mir sicher das ich dir hilfreich sein kann!"

Als der junge Dämon in die Augen des rothaarigen Engels blickte, konnte er nur ihre Entschlossenheit sehen. Egal was er sagen würde – Faith würde nicht von seiner Seite weichen. Und dafür war er dem rothaarigen Mädchen mit den sanften fliederfarben Augen unendlich dankbar.

„Ich werde versuchen weitere Verbündete zu gewinnen. Wir wissen nicht wie stark unser Gegner sein wird, daher zählt jeder Mitstreiter der sich unserem Ziel anschließt." Aylons Stimme war wie immer ruhig und besonnen, doch man konnte dem jungen Menschenkrieger ansehen wie ernst ihm die Angelegenheit war.

„Ich werde mit Aylon gehen." Fircos Worte schienen seinen Bruder am meisten zu überraschen. Shuyar und Sakura sahen den großen Silberhaarigen verwirrt an. Fircos konnte den verständnislosen Blick seines Zwillings nachvollziehen, immerhin waren er und Shuyar seit ihrer Geburt noch nie getrennt gewesen. Doch dem Größeren war bewusst geworden dass sie beide ihre eigenen Wege gehen mussten. Wenn Shuyar versuchen würde die göttliche Waffe zu stärken würde er alles tun was in seiner Macht stand um so viele Verbündete wie möglich um sich zu scharen. Fircos lächelte seinen kleinen Bruder verschmitzt an „Komm schon, vertrau mir~ oder denkst du ich pack' das nicht?" Fircos meinte zu sehen wie sein Zwillingsbruder einige Tränen fort blinzelte, doch dann sahen ihn dessen rote Augen entschlossen an. „Versuch nur sie nicht alle zu verscheuchen. Ich zähl auf dich Bruderherz."

„Ich möchte gerne mit Fircos und Aylon gehen." Sakuras Entschluss überraschte niemanden, denn es war nur selbstverständlich dass sie mit ihrem Verlobten zusammen sein wollte. „Ich pass auf Faith und Shuyar auf. Ihr könnt euch auf mich verlassen!" Kasca schien hoch motiviert und scheinbar erschien der Eselsdame die Suche nach den Elementaressenzen am Reizvollsten. Für neue Abenteuer war Kasca immer zu haben. Einzig Hisaki schien noch zu unentschlossen, doch schließlich kam auch er zu seinem Entschluss „Ich werde Sakura und die anderen mit meinem Leben schützen."

Die rothaarige Vampirin schien erleichtert dass Hisaki weiterhin an ihrer Seite bleiben würde und Shuyar nickte zufrieden. „Dann sind wir uns einig?"
Die Freunde bejahten nickend seine Frage. Auch wenn sie sich ihre Wege nun vorerst trennten, würde keiner je an dem starken Willen der anderen zweifeln. Das Band ihrer Freundschaft würde sie immer verbinden.

Am nächsten Morgen war nach einer erholsamen Nacht bereits alles für ihre Abreise vorbereitet worden. Leider standen ihnen im Moment keine Reittiere zur Verfügung, so waren sie weiterhin gezwungen zu Fuß zu reisen.
Mit ihrem Gepäck beladen standen sich die Freunde in ihren gewählten Gruppen gegenüber.
Sie hatten so viel zusammen erlebt und gemeinsam durchgestanden, dass der Abschied doch schwerer fiel als zuerst gedacht, doch schließlich lockerte Fircos die gedrückte Stimmung auf „Hey, schaut doch nicht alle so... das ist doch kein Abschied für immer! Wir werden uns alle schneller wiedersehen als uns lieb ist!"

Seine optimistischen Worte bracht seine Freunde zum schmunzeln und sie merkten dass es keinerlei Grund für Traurigkeit gab.
Dennoch war Fircos überrascht dass sein kleinerer Bruder zum Abschied in seine Arme rannte und ihn fest an sich drückte. Fircos vergrub seine Nase in dem grünen Haar seines Zwillings und erwiderte die feste Umarmung. Auch wenn sie sich oft stritten und

ärgerten, waren die beiden füreinander das Wichtigste auf der Welt.

„Stirb mir bloß nicht weg..." nuschelte Shuyar an die Brust seines Zwillingsbruders „Sonst beleb' ich dich wieder und bring dich zur Strafe nochmal eigenhändig um...."

Fircos lachte sein Brüderchen nur an „Ja, ich hab dich auch lieb Bruderherz!" doch dann flüsterte er ihm sanft zu „Du weist das wir nie wirklich getrennt sind. Meine Gedanken sind immer bei dir du kleiner Giftzwerg..."

Nun lachte auch Shuyar auf als er sich von seinem großen Bruder löste und sich verlegen über seine laufende Nase wischte „Warts nur ab... ich such dich schon heim, das versprech' ich dir du Holzkopf!"

Es dauerte noch einen Moment bis sich auch die anderen von einander verabschiedet hatten, doch inzwischen überstrahlte der Optimismus die vorher herrschende Traurigkeit über den Abschied.
Ihre Wege trennten sich bereits schon nachdem sie das Lager verlassen hatten. Während Shuyar mit den Damen den Weg vorerst nach Osten folgte, war das Ziel der anderen das nördlich gelegene Herzogtum Arland.

So trennten sich zum ersten Mal seit gefühlten Ewigkeiten die Wege der Gefährten und jede der beiden Gruppen würde sich tapfer der vor ihnen liegenden Aufgaben stellen.

Niemand bemerkte den jungen, in einen hellgrauen Mantel gekleideten Mann, welcher von einer entfernten Anhöhe alles aufmerksam beobachtete. Seine weißen Wolfsohren mit bläulichen Spitzen lauschten aufmerksam und trotz der großen Entfernung konnte er jedes einzelne Wort verstehen welches die Gruppe mit dem kleinen Grünhaarigen sprach.

Die goldenen Ohrringe und Armreifen reflektierten glitzernd das Licht der aufgehenden Sonne die sich in ihnen spiegelte. Die ins tiefe Türkis verlaufenden, perlenverzierten Zöpfchen seines sonst kurzen, wuscheligen weißen Haares schmiegten sich um seinen schlanken Hals, während er ungeduldig mit den Fingern auf seine verschränkten Arme tippte. Sein langer Wolfsschweif, in dessen Haar ebenfalls vereinzelt goldene Perlen eingeflochten waren, zuckte nervös hin und her.

Yoakes Klinge hatte scheinbar den kleinen Grünschopf als seinen neuen Besitzer erwählt. Die Klinge 'seines' Meisters hatte sich einen Ersatz gesucht. Es war für den jung wirkenden Wolfsmenschen einfach unfassbar.

„Dass... seine eigene Klinge in verrät... aber ich... ich weis das er noch lebt. Nun gut, das mit dem Schwert ist nun nicht zu ändern... aber lasst euch gesagt sein... ich werde euch beobachten und später entscheiden was ich von euch halte... und was ich mit euch mache..." knurrte der junge Mann grimmig während seine Augen den aufbrechenden Reisenden aufmerksam folgten.

Der Blick seiner von schwarz umrahmten eisblauen Augen lag noch immer auf dem grünhaarigen Dämon. Geistesabwesend fuhr seine Zunge über seine Zähne als er daran zurückdachte, wie sich damals in der Ruine seine Fänge sich in den Arm des jungen Dämons geschlagen hatten. Etwas an dem Geschmack seines Blutes hatte ihn damals zurückschrecken lassen. Etwas Vertrautes, das er nicht hatte zuordnen können. Doch er würde schon noch herausfinden ob sich seine Vermutung die er hegte bestätigen würde. So lange würde er sie weiter aus den Schatten beobachten. Dann würde er sein Urteil über diese Sterblichen fällen.

Ende des ersten Bandes

Doch die Geschichte hat gerade erst begonnen...

Landkarte Gaia

Städte, Dörfer und Orte von Bedeutung

1. Schloss der Göttin
2. Stadt Cathral
3. Dorf Luin
4. Dorf Rasthar
5. Stadt Shadrahal
6. Stadtstaat Arland
7. Hafenstadt Chrysilion
8. Dorf Ungthar
9. Stadt Cudessa
10. Hafenstadt Cudessa
11. Schrein des Wassers
12. Dorf Reet
13. Hafen Seles
14. Dorf Raikou-Hikoyou
15. Schrein des Feuers
16. Stadt Mithras
17. Dorf Astaros
18. Schrein des Lichts
19. Dorf Lumin
20. Schrein der Erde
21. Dorf Fal'odinn
22. Hafenstadt Khionne
23. Dorf Rundaal
24. Schrein des Windes
25. Hafenstadt Ingras
26. Dorf Elysion
27. Schrein der Finsternis

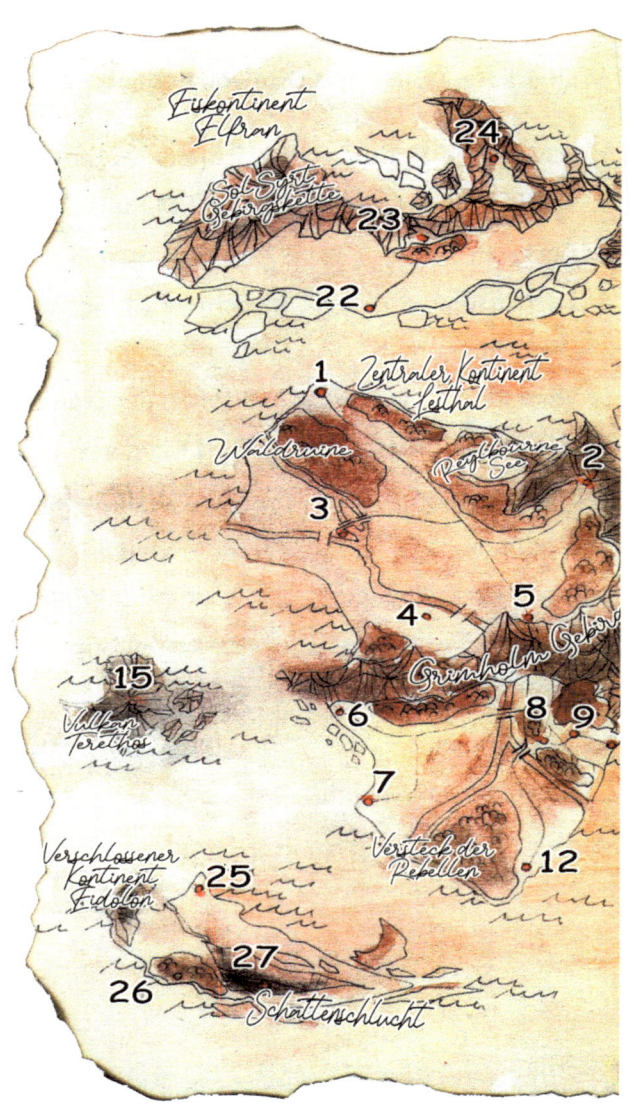

Eiskontinent
Elpran

24

Sol Syste
Gebirgskette

23

22

1   Zentraler Kontinent
     Lethal

Wälddrune

2

Reylbourne
See

3

5

4

Grimholm Gebirg

15

8   9

Val'on
Terethos

6

7

Verschlossener
Kontinent
Eidolon

25

Versteck der
Rebellen

12

27

26

Schattenschlucht

214

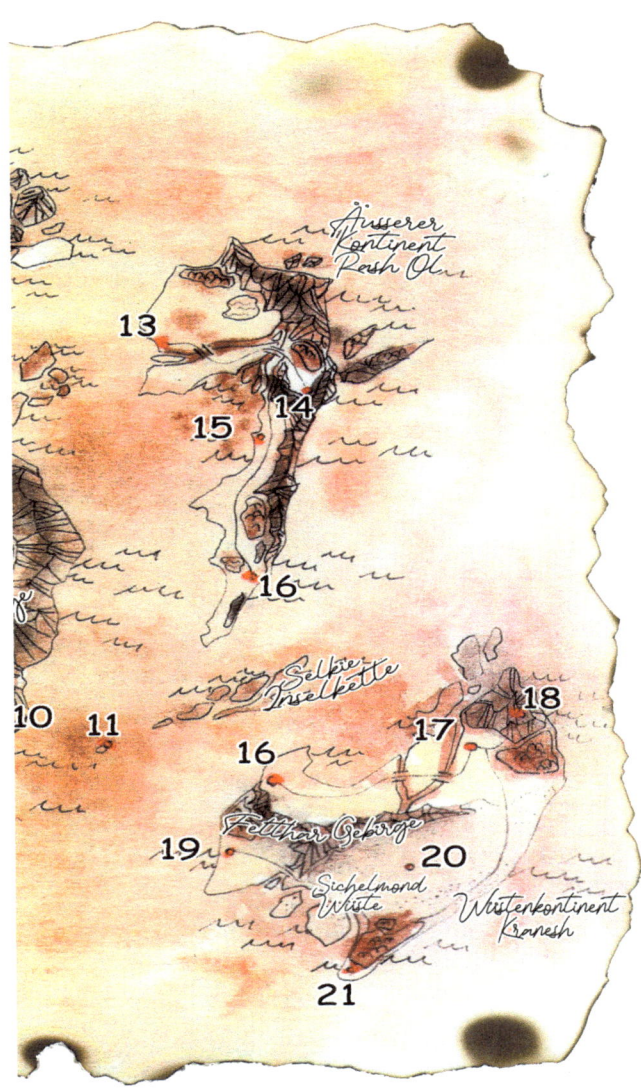

216

Übersicht der
wichtigsten Charaktere
Band 1

(Sortiert nach dem chronologischen Auftreten)

2,10 m	
2,00 m	
1,90 m	
1,80 m	
1,70 m	
1,60 m	
1,50 m	
1,40 m	
1,30 m	
1,20 m	
1,10 m	
1,00 m	
0,90 m	
0,80 m	
0,70 m	
0,60 m	
0,50 m	
0,40 m	
0,30 m	
0,20 m	
0,10 m	
0,00 m	

Yoake

Yugure

Aylon

218

2,10 m	
2,00 m	
1,90 m	
1,80 m	
1,70 m	
1,60 m	
1,50 m	
1,40 m	
1,30 m	
1,20 m	
1,10 m	
1,00 m	
0,90 m	
0,80 m	
0,70 m	
0,60 m	
0,50 m	
0,40 m	
0,30 m	
0,20 m	
0,10 m	
0,00 m	

Shuyar

Fircos

Faith

2,10 m	
2,00 m	
1,90 m	
1,80 m	
1,70 m	
1,60 m	
1,50 m	
1,40 m	
1,30 m	
1,20 m	
1,10 m	
1,00 m	
0,90 m	
0,80 m	
0,70 m	
0,60 m	
0,50 m	
0,40 m	
0,30 m	
0,20 m	
0,10 m	
0,00	

Lance

Sakura

Hisaki

Shanti

Kasca

Kasumi

Fenril

Soundtrack und Lieder die mich inspiriert haben,oder an die ich einfach bei bestimmen Charakteren denke ...

Yoake	Low Shoulder – Through The Trees
Yugure	Imogen Heap – The Quiet
Aylon	Two Worlds – Little Teardrop
Shuyar	Rise Against – Give It All
Fircos	Ofarim Gil – In Your Eyes
Faith	Bonnie Pink – Ring A Bell (engl. vers.)
Lance	Three Days Grace – Animal I Have Become
Sakura	Avril Lavigne - Girlfriend
Hisaki	Black Veil Brides – In The End
Shanti	Bon Jovi – You Give Love A Bad Name
Kasca	Elle King – Good Girls
Kasumi	D – Huang Di ~Yami Ni Umareta Mukui~
Fenril	Phantasmagoria – Lost In Tought

Änderungen sind für die folgenden Bände vorbehalten, da ich vielleicht Lieder finde die noch besser zu meinen Lieblingen passen...

Über die Autorin

Manuela Stuka, auf diversen Internetplattformen unter dem Usernamen Eternal-shiva vertreten, wurde 1989 in Oberfranken geboren.

Ihre Jugend verbrachte sie in der kleinen Gemeinde Leupoldsgrün wo Fuchs und Hase 'Gute Nacht' sagen, mit ihren Eltern und ihrer großen Schwester.

Bereits in jungen Jahren entwickelte sich die Begeisterung fürs Zeichnen, das Schreiben kam jedoch erst sehr spät dazu. Wenn sie nicht gerade ihre Katzen ärgert, isst, in Vollzeit arbeitet, mit Begeisterung zockt, an Cosplays arbeitet oder anderen kreativen Hobbys nachgeht trifft man sie überwiegend schlafend oder todmüde an.

Götterdämmerung ist übrigens das erstes Werk das es ins finale Stadium geschafft hat !

Nachwort

Danke dass ihr den ersten Band
von Götterdämmerung gelesen habt.

Es ist eine Geschichte die mich schon seit Jahren
begleitet. So wie ich mich weiterentwickelte,
entwickelte sich auch Götterdämmerung stets weiter.
Angefangen von dem Titel, über den Storyverlauf,
bis hin zu den Charakteren. Auch der Wechsel von
der geplanten Manga-Form zum Roman.
Am interessantesten war es stets wenn ich einen
Einfall für eine neue Figur hatte und ich mir plötzlich
nicht mehr erklären konnte, wie die Geschichte ohne
sie überhaupt Sinn ergeben konnte.

Dieses Buch in gedruckter Form in meinen Händen
halten zu können ist für mich etwas ganz besonderes
und ich hoffe dass es auch euch ein paar besondere
Momente schenken konnte.

Hoffentlich sehen wir uns im
zweiten Band wieder,
denn das Abenteuer hat gerade erst begonnen….

eure Manuela / Eternal-shiva